DU MÊME AUTEUR

Aux Éditions Gallimard

L'HOMME PACIFIQUE, *roman*, coll. « L'Infini », 2009.

UN VOYAGE HUMAIN, *roman*, coll. « L'Infini », 2011.

POLAIRE, *roman*, coll. « L'Infini », 2013.

ORPHELINE, *roman*, coll. « L'Infini », 2014.

UNE JEUNESSE DE BLAISE PASCAL, *roman*, coll. « L'Infini », 2016.

LA SAINTE RÉALITÉ. VIE DE JEAN-SIMÉON CHARDIN, *roman*, coll. « L'Infini », 2017.

LA VIE PRINCIÈRE, *roman*, coll. « L'Infini », 2018 (Folio n° 6675).

L'ÉTERNEL PRINTEMPS, *roman*, coll. « L'Infini », 2019 (à paraître en Folio).

Aux Éditions Confluences

LE MÉTIER DE DORMIR, *récits*, 2005.

Aux Éditions In8

JE SUIS UNE SURPRISE, *récit*, 2009.

Aux Éditions Louise Bottu

OZU, *roman*, 2015. Réédition Arléa-poche, 2020.

L'Infini

Collection dirigée
par Philippe Sollers

MARC PAUTREL

LE PEUPLE DE MANET

roman

nrf

GALLIMARD

« L'Être-été, d'une certaine manière, jaillit de l'avenir. »

HEIDEGGER

MANET

1

Son heure semble arrivée. Soudain la mort surgit au loin, elle fond sur lui au galop, elle l'atteindra bientôt. C'est une charge de cavalerie qui remonte toute la rue. Manet a voulu voir les émeutes de trop près. Ne t'approche pas des troubles, lui avait pourtant dit son père, mais il a dix-neuf ans, il est un jeune chien fou, il veut toucher les choses du doigt, sentir la colère populaire contre le coup d'État, les manifestations, les cris, les pillages, les barricades en flammes.

Les soldats sont partout dans Paris, ils vont de rue en rue disperser le moindre attroupement, détruire les barricades, non pas interpeller les émeutiers, mais les exécuter, comme la veille devant le café Tortoni, et cela révulse Manet, les soldats ont tiré sur de pauvres passants. C'est la tactique de la peur, empêcher les gens de manifester, les forcer à rentrer chez eux et se taire, la population comme une masse uniforme et docile. Manet, lui, ne croit qu'à l'individu et à la liberté. Il est sorti par curiosité, il voulait voir les manifestations contre Louis-Napoléon, mais il n'a rien vu, à peine quelques badauds en grande discussion, donc il revient chez lui en coupant par la rue Laffitte, celle où il passe souvent parce que s'y trouvent les marchands de tableaux.

Alors il entend le grondement des sabots qui cognent les pavés, le galop des chevaux qui couvre les autres bruits. Une charge de cavalerie, les dragons déferlent d'abord dans une avenue voisine, et immédiatement après ils apparaissent au loin. Les soldats remontent au grand galop la rue rectiligne, sabres levés, penchés sur leur monture, et ils balaient de leur épée tous les passants qu'ils croisent. Derrière les chevaux, suivent les fantassins avec leurs fusils et leurs baïonnettes, ils ont chargé leur arme, ils vont viser, tirer sur ceux qui ont échappé aux sabres, ils vont réduire l'émeute de la façon la plus folle : tuer ceux qui ne sont pas d'accord, assassiner le peuple opposé au tyran.

Manet se met à courir. Des commerçants sont sortis, alertés par le brouhaha. Il voit sur le pas de sa porte un marchand de tableaux qu'il connaît, qui se met en travers du trottoir et lui crie de ne pas continuer plus loin, qu'il va se faire tuer, qu'il doit entrer s'abriter. Manet s'engouffre dans la boutique, l'homme referme la porte.

Trente secondes se passent, le bruit grandit, les cris lointains aussi, de hargne des soldats, d'effroi des promeneurs. Une sorte de silence relatif ensuite, puis d'un coup un vacarme d'horreur, les chevaux et leurs soldats fous inondent la rue, ils déferlent, ils fauchent les têtes sur leur passage. Des coups de feu succèdent à la charge, les soldats à pied suivent et achèvent les blessés, ils avancent lentement au centre de la chaussée, n'entrent pas dans les boutiques, ne fouillent pas les maisons, ils se conforment aux ordres, vider la rue de toute forme humaine ne portant pas d'uniforme.

Manet comprend qu'en France, et quelle que soit l'époque, les forces de l'ordre obéissent aveuglément au gouvernement, et quand ce pouvoir devient fou, les forces de l'ordre à leur tour deviennent folles. Massacrer, tuer, ou simplement mutiler pour l'exemple, pour faire peur, faire taire, forcer la population, les jeunes, les pères et les mères de famille, les anciens, à garder le silence, se taire et subir, et tout accepter, vivre dans la terreur.

Des milliers d'hommes en armes, agissant comme un bloc unique, comme la duplication de copies à l'identique, comme un peloton d'exécution, sept soldats brandissant leurs fusils à l'horizontale, la tête penchée pour placer l'œil dans le prolongement du viseur, au-dessus de la crosse, en joue, feu. Le pouvoir décide, le peuple conteste, l'armée réprime et punit lourdement.

Deux heures plus tard, Manet ressort de la boutique de tableaux. Il tremble tellement qu'il peut à peine marcher. La chaussée est un champ de bataille, les blessés, les morts, les remorques renversées, les pavés descellés, un typhon a balayé la petite rue Laffitte, un vent mauvais de sang, de cris et de sanglots. Manet ne peut rien faire pour venir en aide, il presse le pas dans le froid glacial, il fuit le péril imminent.

Il se jure de ne plus approcher une manifestation, de rester à jamais éloigné des forces de l'ordre qui, bientôt, partout dans Paris, à la moindre contestation, patrouilleront, stationneront aux angles des rues, sur les places, devant les ministères, menaçantes, armées, le fusil en bandoulière, prétendant que la paix civile règne. Manet va continuer sa guerre chez lui, depuis son atelier, il va s'occuper de la vie, il va employer toute son énergie à tenir la mort à distance.

2

Pour apprécier le jour, il faut connaître la nuit. Au lendemain des tueries du 4 décembre 1851 qu'a vues Manet de si près, le directeur de son école de peinture emmène ses jeunes élèves au cimetière de Montmartre, pour assister à la reconnaissance des corps par les proches des victimes.

Six cents morts sont alignés sur le sol, dans une succession de rangées cauchemardesques qui semblent ne jamais finir. Six cents morts alignés et recouverts de paille, dont seul le visage émerge. Six cents morts du fait de la force publique, assassinés sur ordre de l'empereur Louis-Napoléon.

Des morts de tous âges et de toutes conditions, ceux tués en pleine rue, passants fusillés au hasard, ceux arrêtés parce que figurant sur des listes, qui se sont rebellés ou ont essayé de fuir, ceux qui ont été exécutés froidement par les pelotons, ceux qui ont tenu les barricades avant d'être écrasés, tous les pauvres massacrés.

Les familles défilent lentement et c'est dans l'effroi qu'elles examinent chaque visage tuméfié, défiguré, ensanglanté, saisi par la raideur cadavérique. Les morts ont la face tournée vers le ciel, le front et le nez à l'horizontale, avec leurs yeux clos et leurs orbites creusées, comme déjà mangées par la dévoration du néant, et la masse obscure de ces têtes contraste avec la paille éblouissante.

Comment reconnaître parmi ces visages l'être qu'on a adoré, le mari, la sœur, le fils, le frère, le père, la petite fille, le cousin, l'amoureux, l'amoureuse, la cause de toute une vie, et qui à présent fait partie du néant ? Comment ce qui était pourrait n'être plus ? Comment celui ou celle qui, il y a deux jours encore, riait ou pleurait, pourrait s'être changé en cette face obscure remontée des enfers ? Les familles regardent, scrutent, se mettent à hurler atrocement. C'est insoutenable.

Manet n'écoute pas, il regarde, il trace son croquis, les visages sortant de la paille et tournés vers le ciel, tous les corps alignés, leur nombre insupportable, il y en a six cents ici, mais on parle dans Paris de plus de mille tués sur les grands boulevards. Il fait un dessin au crayon noir de cette scène inimaginable, que le gouvernement veut cacher mais que lui veut montrer. Plus tard, il garde la feuille dans un carton, il ne la sort jamais, il y reviendra plus tard, il a tout mémorisé, il a vu, il sait, le moment venu il se souviendra.

Il a vu les morts, il va montrer les vivants, il n'a pas pu sauver ceux-là, il va rendre éternels les autres, tous les corps glorieux qu'il croisera, les humains et leurs visages, parfois même les perroquets ou les chiens, et jusqu'aux fleurs, les pivoines, les roses, l'hibiscus dans les cheveux d'une femme offerte, les violettes, les lilas, les tulipes, les œillets et les clématites dans leurs vases de cristal. La vraie vie vécue dans l'étendue du Temps.

3

Il y a tant à saisir en peinture, un infini de réalités qu'il faut pouvoir capturer. Comme n'importe quel pêcheur, l'artiste lance ses filets sans repos : chercher, voir, examiner, fixer sur le papier, dessiner, peindre, peindre encore, poser le pinceau, le relever, encore et encore, puis signer au bas du tableau, et recommencer sur un autre sujet.

Dans le cours de peinture classique qu'il fréquente, Manet se fait son propre enseignement, il défie le directeur, il demande aux modèles de ne pas poser nus, mais habillés simplement, il leur fait prendre des attitudes plus naturelles, il se fâche avec eux, avec certains élèves aussi, avec un peu tout le monde parce qu'il ne transige pas sur l'Art. Il est le plus doué et tous le savent, ils le respectent et l'envient, ils le jalousent aussi.

Après de longues années, Manet quitte l'atelier commun, il loue son propre atelier, il apprend seul, il se libère enfin. Il passe ses après-midi dehors, au jardin des Tuileries, à dessiner ce qu'il voit, ou bien à l'intérieur du musée du Louvre, à copier les vrais grands maîtres, les Espagnols, les Italiens, les Hollandais, Vélasquez, Titien et Frans Hals.

Il peint en imitant, il se cherche pendant presque dix ans. Puis, d'un coup, ses premiers grands tableaux apparaissent, en quelques mois seulement, les uns après les autres, merveille après merveille, *Autoportrait de Tintoret par lui-même, Le Fumeur, Le Buveur d'absinthe.*

Il déménage et change d'atelier plusieurs fois, notamment à la suite d'un horrible drame. Le petit Alexandre est un vagabond d'une quinzaine d'années que Manet a embauché pour nettoyer son atelier et laver ses pinceaux, et dont il fait même plusieurs fois le portrait. Ce garçon est jovial mais également perturbé, tour à tour colérique et mélancolique, et surtout il a un goût immodéré pour les alcools forts.

Un jour qu'il l'a encore trouvé ivre, Manet se fâche et menace de le renvoyer chez ses parents s'il recommence. Le gamin répond qu'il a compris, Manet sort un moment mais, quand il revient dans l'atelier, le petit s'est pendu à une poutre des lieux, avec une simple ficelle, en montant sur un tabouret. Baudelaire écrira plus tard pour son ami Manet un poème déchirant qui raconte toute l'histoire et qu'il intitulera « La corde ».

Manet peint maintenant sans plus s'arrêter, *L'Abbé Hurel, Portrait de Paul Roudier,* mais aussi *Portrait de Monsieur et Madame Auguste Manet.* Cette toile représentant ses parents est son premier tableau accepté par le Salon des Beaux-Arts officiel et largement exposé, et ses parents sont doublement fiers, que leur fils soit reconnu et que ce soit pour un portrait de famille, hommage à ceux qui l'ont précédé, et ce sera la seule fois que Manet les peindra.

Puis apparaît l'extraordinaire *Guitarrero*, qui obtient au Salon de 1861 une cocasse « mention honorable ». Et de nouveau la succession ininterrompue des chefs-d'œuvre, le plein accomplissement de son art, il le sait : *L'Enfant à l'épée*, *Lola de Valence*, *Jeune homme en costume de majo*, *Mariano Camprubi*, *Jeune femme en costume de toréador*, *La Femme au gant*, *La Chanteuse des rues*, *Le Petit Lange*.

Il pourrait souffler et ralentir son rythme, mais au contraire il augmente sa vitesse, il assomme l'époque. Il peint coup sur coup, à quelques mois d'intervalle, deux tableaux qui vont changer l'histoire, *Le Déjeuner sur l'herbe* puis *Olympia*. Le premier représente une femme nue pique-niquant avec deux hommes habillés, le second une femme également nue, allongée sur un sofa, offerte à qui voudra venir.

Mais une fois ce forfait commis, il garde les tableaux dans son atelier, il les cache au monde, il attend le bon moment pour les lâcher, l'un après l'autre, dans la société. Quand ils apparaîtront, il se passera ce qui devra se passer, Manet pourra compter ses amis, pendant que ses ennemis deviendront très vite nombreux, déchaînés et violents, fous de colère face à la vérité.

4

Ceux qui arrivent du futur se reconnaissent dans ses toiles, ce sont des prophètes qui peuvent voir l'invisible, des collègues peintres ou des amateurs éclairés. Les collectionneurs américains et anglais, notamment, sont très intéressés, ils commencent à acheter des Manet, ils paient comptant et emportent immédiatement de l'autre côté des mers des toiles qu'on ne reverra jamais.

Un jour, il faudra un lieu, un temple, un sanctuaire, une maison, un berceau pour abriter ses tableaux. Manet espère qu'ils seront alors tous réunis dans un musée unique, le Louvre serait parfait, aux côtés des grands maîtres. Ce qui compte, c'est qu'on ne regarde pas chacune de ses œuvres séparément des autres, qu'on ne l'examine pas partiellement, il veut qu'on voie son travail d'un seul bloc, entièrement. Et c'est ce qui arrivera bientôt, s'agissant de l'amour porté à sa peinture : tout ou rien, ceux qui détestent et ceux qui adorent. La peinture de Manet, on l'aime follement ou on la hait franchement, pas de demi-teinte, jamais.

Il propose enfin *Le Déjeuner sur l'herbe* au Salon officiel des Beaux-Arts, qui le refuse aussitôt, alors il l'envoie au tout nouveau Salon des refusés qui l'expose. Louis-Napoléon Bonaparte, visitant les lieux, s'arrête longuement devant le tableau de Manet, et toute la ville s'interrogera ensuite sur cette mystérieuse réaction impériale.

Deux années passent et Manet propose cette fois *Olympia* au Salon, qui l'accepte sans comprendre. Il sait très bien ce qu'il a peint, et pourtant la réaction hystérique du public le prend au dépourvu. C'est l'émeute, il y a un tel attroupement autour de la toile qu'on ne peut pas s'approcher, la foule hurle, siffle, éclate de rire, se moque, proteste. Tout le monde veut voir, tout le monde crie. Il semble que ces curieux attendent que quelque chose survienne à l'intérieur du tableau, que la réalité explose, qu'Olympia se lève, qu'elle sorte de la toile et vienne accorder ses faveurs en public à l'un des spectateurs. Il y a les gros rires, les blagues salaces, les vociférations, les menaces. On doit poster des gardiens des deux côtés du tableau pour empêcher les visiteurs de le dégrader, tous ces corps tristes ne supportent pas la liberté qu'ils voient soudain peinte.

Manet est d'abord stupéfié par la violence des injures, puis peiné, affligé, déprimé. Les choses prennent des proportions insensées. Les journaux publient des caricatures de ses tableaux, dans la rue on le reconnaît et on le dévisage, certains chuchotent, d'autres se moquent ouvertement de lui ou l'apostrophent violemment. Quand il entre dans un café, on le montre du doigt : le peintre d'*Olympia*. Il ne répond pas, il continue son chemin. Il fait sienne cette devise, qu'il imprimera plus tard sur le carton d'invitation d'une de ses expositions : « Faire vrai, laisser dire. »

Heureusement, il y a, pour le consoler, la présence des amis fidèles, la douceur de leur affection, le soutien des vrais peintres qui eux aussi forgent leur œuvre, aussi différente que profonde. Sont là Degas, Monet, Fantin-Latour, Cézanne, et les écrivains comme le grand Baudelaire, toujours présent, et Zola, l'imprévisible et fougueux défenseur, ainsi que le cher Mallarmé. Il y a également les appuis politiques, Antonin Proust l'ami d'enfance devenu journaliste puis bientôt ministre, et aussi bientôt les députés Gambetta et Clemenceau, tous des alliés puissants et déterminés qui l'aident à supporter la vindicte populaire et journalistique.

L'accueil explosif d'*Olympia* a assommé Manet, il veut quitter cette ville, ce pays, au moins pour un temps, partir, et souffler, retrouver la lumière et une autre musique, d'autres mots prononcés différemment, d'autres voix et d'autres intonations. Il s'en va faire le tour des musées étrangers, il l'a déjà fait treize ans avant, en Hollande puis en Italie, il va récidiver, mais cette fois plus au sud : il s'enfuit en Espagne.

5

L'Espagne est son vrai soleil. Manet part, il prend seul le train, direction Madrid. Il fait halte à Bordeaux, passe la frontière à Hendaye, voyage ensuite par étapes jusqu'à destination, et s'installe dans un hôtel de luxe sur la Puerta del Sol. Il est ici pour fuir la notoriété parisienne, marcher incognito dans les rues, mais aussi et surtout voir les Vélasquez du musée du Prado.

Manet fait la découverte de la vraie lumière, le plein soleil et la douce chaleur, puissante mais atténuée, de l'automne espagnol. La *vraie lumière* rend leur liberté aux couleurs, elle perpétue la vie, quand on peint il faut éclairer le plus possible les sujets, donner, par la clarté, à leur visage le maximum de force et de vivacité.

Il ne connaît personne à Madrid, il découvre la ville, ses quelques larges artères, et ses innombrables ruelles rectilignes, avec ces grands tissus que les Madrilènes tendent d'un côté de la rue à l'autre, aux balcons des étages supérieurs, pour se protéger du soleil. Il passe tous ses après-midi au Prado à copier les tableaux et ne revient que le soir à l'hôtel.

Il tente de manger cette flamboyante cuisine espagnole à laquelle, en grand bourgeois parisien, il ne peut pas s'habituer. Un soir, le cuisinier de l'hôtel, désespéré, lui fait goûter chacun de ses plats, et Manet les renvoie les uns à la suite des autres. Mais en face de lui, quelques tables plus loin, un homme seul, et apparemment français, commande tous les plats refusés et les dévore avec plaisir. Manet est persuadé que ce Français l'a reconnu et qu'il se moque de lui, alors il se fâche.

Son compatriote le rassure, il revient du bout du monde et n'a jamais entendu parler de lui. Il se présente : Théodore Duret, négociant en eaux-de-vie à Cognac, amateur d'art, journaliste et grand voyageur, qui s'apprête à se rendre au Japon et en Chine. C'est le début d'une grande amitié entre eux.

Des années plus tard, Théodore Duret écrira un livre sur son ami peintre, et Manet fera de lui un portrait en pied. Un tableau si extraordinaire que le Charentais le remerciera en lui faisant expédier du Sud-Ouest une caisse entière de Cognac *XO, extra-old.*

La lumière. Un nouvel ami. La beauté madrilène. Et surtout Vélasquez. La vision, instantanée et intégrale, de ce miracle pictural dénommé Diego Vélasquez. Le regard de chaque personnage, le secret que chaque visage tente vainement de cacher au peintre, la provocation des allures, l'attitude crâne de toutes et tous, dans chaque scène, dans chaque détail. La provocation, jusqu'à l'autoportrait de Vélasquez lui-même, dont Manet a vu la photographie, un incroyable défi lancé au monde, comme une tête coupée posée sur un plateau incliné et qui semble dire : Je vous vois comme vous êtes. Manet sait depuis toujours que Vélasquez est un géant.

L'Espagne, c'est aussi les Espagnols de la rue, les hommes allant et venant en costumes traditionnels, les femmes sans chapeau, avec une simple mantille pour couvrir leurs cheveux. Il y a également les courses de taureaux, les corridas, spectacle inimaginable de beauté et de mort, Manet n'en revient pas. On jette dans la même arène un taureau déchaîné d'une demi-tonne et un matador seulement armé d'une cape et d'une épée. L'homme doit tuer l'animal après l'avoir bravé, provoqué, fatigué en le poussant à charger sans relâche et en le leurrant avec sa cape écarlate. Le matador porte un habit de lumière, en soie, brodé d'or et incrusté de brillants, il va défier la mort dans ses plus beaux atours, comme s'il allait à un mariage, il va épouser la mort qu'il changera aussitôt en vie, et il n'a jamais peur.

Manet dessine tout cela, il fait des croquis pour plus tard. Il assiste à plusieurs courses de taureaux, il voit même un jour un animal renverser un cheval et l'éventrer de ses cornes. Il suit le rituel de chaque corrida, les cavaliers qui piquent d'abord la bête, puis les passes de cape, leurs différentes formes d'esquives face au taureau chargeant.

Auparavant, il a pu observer le matador saluant le public à son entrée dans l'arène, sa petite toque en astrakan à la main, le bras levé vers les tribunes, la tête dressée mais le corps légèrement incliné vers l'avant en signe de respect. À la fin, il verra ce même héros couper les oreilles et la queue du taureau parce qu'il en a brillamment triomphé, et aller les offrir en hommage à la personne qu'il admire le plus dans les gradins, une femme, un notable, un grand artiste.

Il assiste à la mise à mort de l'animal, avec le matador concentré face au taureau immobile, le bras tendant l'épée à l'horizontale, comme un fusil avec lequel on vise, puis avançant une jambe en avant et précipitant son épée dans la nuque du monstre qui s'écroule. Voilà, la mort a été vaincue par la vie, le matador a survécu au taureau, l'homme est maintenant un héros, il est un demi-dieu.

Manet découvre aussi les spectacles de flamenco, le chant profond, la guitare aux cadences exaltées, les claquements de mains, les claquements de talons, la danse tour à tour lente et enfiévrée. La vraie vie. Il reverra ce genre de performances plus tard à Paris, les célèbres danseurs, danseuses et guitaristes, qu'il fera alors poser dans son atelier pour les fixer sur la toile.

L'Espagne est la seconde patrie de Manet, c'est l'autre face de son cœur : la langue, le climat, la musique, la peinture, celle de Goya, Zurbarán, Ribera, Vélasquez. Vélasquez encore et encore, dont il voit près de quarante tableaux au musée du Prado, « tous des chefs-d'œuvre » écrit-il à son ami Baudelaire, « Vélasquez, le plus grand peintre qu'il y ait jamais eu ». Le plus grand peintre *espagnol* qu'il y ait jamais eu, devrait-il dire, puisque le Français Manet, sans le savoir encore, est déjà le plus grand, revenant d'Espagne en géant.

Au retour en France, au poste frontalier d'Hendaye, un frêle douanier, en examinant son passeport, reconnaît son célèbre nom, et – Manet en est choqué – le retient de longues minutes, le temps de faire venir sa famille pour leur montrer le fameux peintre fou qui fait rire toute une certaine France moisie.

La vindicte contemporaine contre sa peinture est décidément générale et publique, il est devenu un bouc émissaire, le symbole de la haine de groupe contre tous les individus libres, contre toutes les personnes qu'il peint et promet à l'éternité. Il est peiné mais il ne cède pas, il poursuit son effort, il expose la vérité, la place sacrée des corps au milieu du monde.

6

Depuis toujours Manet sait que la mer est vivante, qu'il s'agit d'un immense animal que l'on peut chevaucher. Il a déjà traversé l'Atlantique, en allant au Brésil, quand il était jeune et qu'il était marin, il n'a pas peur des flots. Naviguer, c'est un grand travail, il ne suffit pas de flotter, il faut aussi avancer. On doit épouser la mer tout entière et trouver le bon vent, Manet le sait parfaitement, c'est comme cela qu'il vit lui-même chaque jour.

Aussi souvent qu'il peut, il séjourne au bord de la mer. Quand l'insurrection de la Commune enflammera Paris, il se réfugiera à Arcachon, à Bordeaux, à Royan, au Pouliguen, chaque fois face à l'océan, face aux États-Unis d'Amérique, ce jeune pays dont les nouveaux millionnaires collectionnent déjà ses tableaux. Il ne connaît pas New York, Washington ou Chicago, mais pourtant l'Amérique signifie quelque chose pour lui, elle l'attire. Cette grande nation vient de traverser quatre longues années d'une guerre civile meurtrière entre les États confédérés du Sud et ceux unionistes du Nord. Une des batailles de cette guerre de Sécession a lieu en pleine mer près des côtes françaises, sur la Manche, au large de Cherbourg, et Manet y assiste.

Le 18 juin 1864, le navire militaire USS *Kearsarge* va attaquer et couler le CSS *Alabama*, un bâtiment confédéré. Depuis deux jours, des dizaines d'embarcations de curieux croisent autour du vaisseau sudiste qui demande à entrer dans le port de Cherbourg pour faire des réparations, pendant que le navire nordiste, prévenu de sa présence, arrive à grande vitesse de Hollande avec le projet de le saborder. Le combat est prévisible et tout le monde l'attend.

Manet a le pied marin, quand le pont de bois tangue sous ses pieds, cela ne le gêne pas, il se verrait bien passer son temps à voyager en barque, il aime ces coques de noix, il adorait se déplacer ainsi quand il était à Venise, glissant sur les canaux en oscillant sans cesse de droite à gauche au gré de l'eau. L'équilibre sur une embarcation n'est pas le même que sur la terre ferme, il est à demi celui des corps et à demi celui des flots. La première fois qu'il est monté sur une barque, enfant, à Argenteuil, il a été immédiatement charmé par cette instabilité apparente, ce perpétuel changement, comme celui de la vie. Une fois à droite, une fois à gauche, vous allez au rythme des flots, l'eau vous porte, l'eau décide de tout, même de votre équilibre. Vivre c'est flotter, ne rien contrer et se laisser aller, s'adapter, suivre la régulation à usage ordinaire, oui, l'eau vous porte si vous savez l'aimer.

Sur le port de Cherbourg, Manet prend place dans une embarcation légère, il n'a prévenu personne, ni ses amis, ni sa femme surtout, qui l'attend en ville et serait terrifiée de le savoir en mer au cœur des canonnades. Ils sont une dizaine d'hommes dans la barque à voile, des marins, un médecin, et lui, avec son habit de ville et son chapeau haut de forme, le parisien qui peint des tableaux et vient suivre la bataille de plus près.

Le petit navire appareille aussitôt et file droit vers les deux masses sombres qui dérivent au large, deux navires de guerre, le vaisseau sudiste *Alabama*, duquel un épais nuage de fumée s'échappe, et le nordiste *Kearsarge*, plus loin dans son sillage, qui s'éloigne déjà.

La mer est très formée, leur petite embarcation avance par à-coups, grimpant les vagues puis les redescendant en cadence, ils montent vers la bataille déjà terminée, leur voile gonflée, ils vont porter secours aux marins sudistes qui quittent le bord d'un bateau en feu prenant l'eau par l'arrière. Manet est en reportage, il est au balcon de l'Histoire, celle de l'Europe et celle des États-Unis d'Amérique, ici, en France, au large de Cherbourg. Le symbole de la guerre moderne, le navire corsaire qui a coulé pendant des mois les ravitaillements unionistes entre l'Angleterre et l'Amérique, est en train de sombrer à son tour, le nord abolitionniste est en train de l'emporter sur le sud esclavagiste. Le pays qui sera bientôt le plus puissant du monde vit sa seconde naissance, et le Français Édouard Manet est là pour prendre date.

La petite embarcation, qui a hissé un drapeau tricolore, joue les montagnes russes, la mer cogne et, à défaut de pouvoir faire un croquis sur place, Manet regarde intensément, il s'accroche au rebord, sa jambe gauche le fait souffrir, il ne devrait pas être ici, mais il voulait voir le combat naval, cela n'arrive plus jamais aujourd'hui, surtout si près des côtes.

Dès le lendemain, Manet revient à Paris et il peint la toile en moins d'une semaine, aussi rapide que la presse quotidienne commentant les faits du jour, il est lui-même l'actualité, il annonce le futur. Il montre le combat naval et le combat artistique, les grands américains s'affrontant lourdement, pendant que le petit français toutes voiles gonflées remonte agilement les vagues. On se débat au milieu d'une mer démontée, on navigue au plus près du vent et on gagne l'horizon coûte que coûte.

7

Louis-Napoléon capitule à Sedan, l'armée prussienne envahit la France et progresse vers Paris. En septembre 1870, les minutes sont comptées face aux troupes ennemies. Avant de se protéger lui-même, Manet pense à ce qu'il a de plus cher, il met à l'abri sa famille et ses plus grands tableaux, ceux qu'il aime et ceux qui sont son peuple.

Il fait partir pour les Pyrénées sa femme, son fils, sa mère. Puis il envoie ses tableaux à Théodore Duret, installé en Charente. Il écrit à son ami une lettre dans laquelle il énumère les toiles qu'il lui confie, et ajoute que Duret pourra en garder une au cas où il serait tué. Manet envisage sa possible disparition mais il protège soigneusement ses tableaux, parce qu'un tableau, s'il n'est pas détruit, demeure pour l'éternité. Treize toiles sont mises à l'abri du danger, parmi lesquelles *Olympia, Le Déjeuner sur l'herbe, Le Guitarrero, Le Balcon, L'Enfant à l'épée* et *Lola de Valence.*

Son ami les réceptionne et lui envoie en retour une déclaration certifiant qu'ils sont la propriété de

M. Édouard Manet, dans l'éventualité où, par malheur, il lui arriverait quelque chose. Chacun sent que la mort s'approche et que tout pourrait arriver, leur monde est en train de trembler.

Manet reste à Paris, non pour peindre, mais pour se battre contre l'ennemi prussien, même si, dorénavant, peindre ou se battre, cela revient au même. Il doit défendre son pays, la France en tant que façon d'être et de vivre, de penser et d'aimer, les femmes et les hommes, la liberté, le plaisir, la joie, la puissance de la pensée, la primauté de l'individu sur le groupe, savoir que l'on est, savoir que le futur fait vivre et qu'il apprend à être, qu'il apprend à se comprendre et à se voir.

Tout ce que Manet peint, il peut le peindre parce que quelque chose existe ici, sur ce territoire, et il faut protéger ce précieux bien. Ceux qui habitent en France possèdent sans le savoir ce don, encore faut-il qu'ils vivent, que les Prussiens ne tuent pas tout le monde, que les deux camps ne s'entre-tuent pas.

La capitale est maintenant encerclée, le siège commence, on ne peut plus ni entrer ni sortir, seuls les ballons dirigeables et les pigeons voyageurs relient Paris au reste du territoire. Les Prussiens sont aux portes de la banlieue, Manet s'engage comme artilleur dans la Garde nationale. Il est de faction le soir au rempart sud de la ville.

Le canon tire toute la nuit. Qui est-ce ? Le canon des Parisiens ou celui des Prussiens ? Le bruit est infernal et régulier. Des projectiles partent, qu'on n'entend jamais tomber, ils peuvent arriver en une seconde, vous tuer avant même que vous ayez entendu le son de la détonation. Le canon lointain, c'est pire que l'orage et la foudre. Manet tente de s'y habituer.

L'ennemi peut surgir de partout, la vie se joue chaque minute, on ferme à peine l'œil la nuit, on compte sur la force des camarades postés dans les forts extérieurs et sur la résistance des Parisiens de la rue. Tous les habitants sont devenus combattants, Paris est un seul corps dressé. Il faut résister, ne jamais se rendre, ne jamais laisser la ville se faire occuper, ne jamais s'oublier soi-même.

On ne sait rien sur ce qui se prépare, aucune information, si ce n'est les canonnades entendues au sud, tout semblant se jouer en secret entre Montrouge et Vanves, mais Manet n'en sait pas beaucoup plus. La ville résiste, il écrit à sa femme Suzanne : « Paris est formidablement défendue. » Les bons jours, un ballon part avec le courrier et Manet peut lui poster une lettre. Mais presque rien n'entre jamais dans la capitale, il donne de ses nouvelles mais n'en reçoit aucune. Des collègues s'écroulent au combat, un ami de Degas est tué, le jardinier des Manet également, un autre proche est fait prisonnier.

Paris peut tomber d'un jour à l'autre et pourtant Paris ne tombe jamais. La famine guette, on mange les chevaux, puis les chats et les rats, Manet ne fait plus qu'un repas par jour, il maigrit terriblement, il a froid, plus de bois pour se chauffer, plus de nouvelles de l'extérieur, l'incertitude la plus complète sur l'avenir.

Impossible de peindre dans ces conditions, il n'a plus le temps, l'urgence est de survivre, et de défendre la capitale, défendre l'idée française pied à pied. Il y a toujours un futur radieux, caché quelque part, et qui se dévoilera quand son heure sera là.

8

Le siège de Paris dure, Manet est toujours soldat. Une fois, pendant toute la journée, il cherche dans la maison un vieil album photo, il sait qu'il est là, quelque part, mais impossible de le retrouver. Il le lui faut pourtant, il en a terriblement besoin. Finalement il le découvre dans le tiroir de la table du salon, l'album contient la photo de Suzanne, sa chère « bonne petite femme adorée », celle qui lui jouait de la musique chaque jour, la pianiste virtuose, son épouse éternelle. Il a retrouvé le visage de sa femme, ainsi il pourra voir ses yeux chaque fois qu'il en aura besoin.

Une nuit plus froide que les autres, Manet dort. Soudain on l'appelle, *Édouard, ÉDOUARD.* C'est la voix de Suzanne, elle est là, elle lui parle, il se dit que tout est enfin terminé, que la guerre est finie et qu'ils sont de nouveau réunis. Il ouvre les yeux, il rêvait. La chambre est déserte, au loin on entend quelques coups de canon très faibles. Les Prussiens sont toujours autour de Paris, la guerre est encore là, le siège continue, Suzanne reste absente, la voix qui l'a réveillé sortait de son propre crâne.

Quatre mois sans voir sa chère petite « grosse Suzanne », c'est si long, mais elle est à l'abri, là-bas à Oloron-Sainte-Marie, près de la frontière espagnole, Manet sait qu'elle et son fils Léon sont protégés du danger.

Il participe à la bataille de Champigny en décembre, quand les Français cherchent à faire une percée des lignes allemandes au nord. C'est sa première grande bataille. Il n'est pas blessé mais les troupes françaises sont défaites, comme chaque fois ou presque depuis le début de la guerre. Les grenades tombent partout autour des soldats, parfois elles n'explosent pas, il y a des obus plus gros qui passent aussi, ratent leur cible, le survolent et se perdent dans les champs au-delà, ou au contraire chutent peu après leur décollage.

On peut avoir la malchance de se faire tuer mais on peut aussi survivre, Manet prend la chose au sérieux mais n'est pas terrorisé. Il ne se retrouve pas au contact des Prussiens, pas de tirs à bout portant, pas de baïonnettes. La énième percée française pour briser le siège échoue, mais les Parisiens gardent leur position face aux Prussiens, les Français résistent aux Allemands, la capitale ne tombera pas aujourd'hui, ni demain, malgré l'inquiétude croissante. Faire bloc, résister, défendre sa façon d'être heureux, la vie française, on peindra de nouveau une fois que ça aura été fait. Finalement, au bout de six mois de siège, un armistice est signé, Paris est sauvée, la vie peut reprendre, la vraie vie de l'Art.

Mais trois mois plus tard, Manet traverse une nouvelle période terrible : la fin de la Commune de Paris, en mai 1871. Cette fois, les Parisiens sont assiégés depuis Versailles, et par d'autres Français, c'est la guerre civile.

La Commune est réprimée dans le sang par l'armée régulière, vingt à trente mille Parisiens sont arrêtés et fusillés un à un. Manet, qui était en province, ne revient à Paris qu'à la fin de la « Semaine sanglante », il découvre les mêmes scènes insupportables qu'il a déjà vues vingt ans avant, à nouveau la troupe tirant sur la foule, toujours la même logique, le groupe écrasant les individus.

Il assiste à l'exécution militaire de trois communards, dont le ministre de la Guerre de la Commune. Des détachements de chaque corps d'armée ont été alignés en rang devant le peloton d'exécution, après les coups de feu ils défilent en musique devant les trois cadavres. Abject.

Brutalité aveugle de l'État, contraire exact de l'Art, et donc contraire de la vie. C'est pour ça qu'il se bat, c'est pour cette raison que Manet peint : pour vaincre le néant. Il fait quelques dessins pendant la Commune, dont deux lithographies : *Barricade*, l'exécution, par une demi-douzaine de soldats, de trois hommes devant un mur et un tas de gravats, et *Guerre civile*, scène saisie à Montmartre, un mort étendu sur le dos à même le sol, et les pieds d'un autre mort tournés contre terre, avec en arrière-plan un muret de pierres à demi détruit, qui était leur abri au centre de la chaussée.

Dresser des barricades en pleine rue pour bloquer, puis les incendier, défier la force, c'est ce que font tous les émeutiers de toutes les époques, dès qu'ils veulent protester. Manet a été si effrayé par la répression barbare qui s'est abattue sur les communards qu'il commence un tableau de plus grande taille, une scène de barricades qui semble répondre à *L'Exécution de Maximilien* peinte trois ans auparavant. L'exécution ne se passe plus au Mexique, elle a lieu à Paris, les tireurs sont des soldats français et les victimes sont les Parisiens qui se sont soulevés. Mais il ne termine pas le tableau, il est fatigué de la mort, il veut retrouver la vraie vie, lumineuse et vibrante, solidifiant le Temps.

9

La paix est revenue, la peinture peut à nouveau fleurir. Manet est de plus en plus aidé dans son travail, avec des accélérations soudaines. En janvier 1872, le célèbre marchand d'art Durand-Ruel visite son atelier et achète immédiatement vingt-trois toiles, puis quelques jours plus tard encore trois autres toiles, pour une somme totale correspondant au prix d'un appartement. Manet est libéré des soucis matériels. La rumeur de cette acquisition se répand, la cote de ses tableaux grimpe. Il était conspué, il devient estimé, il sera bientôt adulé.

Depuis le début, ses collègues de talent le respectent, ils ont compris qu'il était un génie. Ils le peignent. Ces nouveaux peintres qu'on nomme *impressionnistes* font souvent entre eux des portraits croisés, comme si deux miroirs se faisaient soudain face. Ainsi, un après-midi, Carolus-Duran peint Manet, qui le peint en retour, et ils s'offrent leurs portraits réciproques.

Manet, une autre fois, peint son ami Claude Monet avec sa femme et son fils dans leur jardin d'Argenteuil, en même temps qu'Auguste Renoir peint exactement la même scène, ce qui donnera deux tableaux impressionnistes différents de la même famille. Plus tard, il peint encore Monet, cette fois avec sa femme uniquement, dans leur bateau, à l'ombre d'une toile tendue, au milieu des eaux, et lui-même en train de peindre la nature qui les entoure.

Il y a aussi Fantin-Latour, qui fait un grand portrait de lui, et c'est peut-être celui que Manet préfère. On le voit dressé debout, légèrement penché en avant, tenant sa canne des deux mains, à l'horizontale, comme s'il voulait la briser. Il est grand, beau, très ému, un sourire inquiet sur les lèvres, la barbe blonde foisonnante, le chapeau haut de forme montant vers le ciel, la longue veste impeccable, et la cravate aussi bleue que ses yeux. Fantin-Latour lui offrira le tableau.

De même, après les coups d'éclat du *Déjeuner* et d'*Olympia*, et la célébrité qui en a résulté, tous les photographes de l'époque veulent faire poser Manet devant leur appareil. Nadar, Carjat, David Wilkie Wynfield, Adolphe Dallemagne font de saisissants clichés de lui.

Et puis il y a le grand projet fou de son ami Zacharie Astruc. Manet avait fait son portrait, alors celui-ci veut faire à son tour un buste en bois du peintre. C'est une pièce incroyable, non pas une sculpture en plâtre, en bronze, en pierre, non : en bois, la matière la plus douce et la plus vivante qui soit, la plus sensible, exactement comme l'est Manet aux yeux de ses amis. Bien sûr, Astruc n'a pas le génie de Houdon ou Rodin, et l'âme de Manet n'est que partiellement saisie mais, tout de même, quelle étrange émotion de se voir, avec une tête et un cou de bois vissés sur les épaules, en taille réelle, et si ressemblant !

Astruc lui explique aussi qu'il va peindre le buste, en faire un polychrome comme chez les Égyptiens, et que pour figurer les yeux de Manet, ces yeux bleus qu'Astruc trouve extraordinaires, il va ficher dans les deux orbites de bois des pierres d'émeraude, donc vertes. Il faudrait plutôt des saphirs, au bleu profond, mais apparemment il n'en a pas trouvé.

Le buste de bois ne sera finalement pas terminé, et pourtant, quel morceau ! Une tête, et un cou, et les épaules de Manet, le visage impassible, la chevelure bouclée et la grande barbe peintes en blond, le visage peint en rose, le haut de la chemise en blanc, la redingote en bleu, et les deux pierres précieuses enfoncées dans le crâne à hauteur des yeux.

Manet achèterait volontiers ce buste pour le faire déposer partout où il ne veut pas aller : M. Édouard Manet s'excuse de ne pouvoir être là, il a envoyé pour le remplacer son sosie en bois aux yeux d'émeraude, vous pouvez lui dire toutes les horreurs que vous voulez sur sa peinture et sur tout ce qui vous passe par la tête, son buste vous écoutera en restant silencieux, il gardera son petit sourire en coin et ses yeux brilleront constamment, il ne restera pas de marbre, il restera de bois.

Il a déjà peint un tel nombre de chefs-d'œuvre, ses deux coups de théâtre, le *Déjeuner* et *Olympia*, ont été assénés, il règne, il a quarante-deux ans, il ne le sait pas encore mais sa vie est très avancée déjà. Manet a un but, il l'atteint à chaque portrait de femme et d'homme, il le poursuit, il augmente l'importance de son peuple.

10

Toutes les femmes que rencontre Manet sont troublées par son charme. Il les aime et elles le savent. Au commencement, il y a Suzanne. C'est la première et la plus jeune, une pianiste hollandaise venue donner des leçons de musique aux trois jeunes frères, Gustave, Eugène et Édouard. Elle a dix-neuf ans, Manet en a dix-sept. Elle apporte l'harmonie dans le monde, elle a la science de la mélodie et sait créer la musique, la divine musique.

Elle sera toujours le soleil de Manet, Suzanne avec son corps étrange, ample et lent, son visage plein, ses yeux doux. Elle n'est pas la plus belle femme de la Création, mais elle est celle qui le comprend et le connaît, elle est la musicienne, la magicienne, sa grande amie et un peu sa mère, sa cousine et un peu sa sœur, la seule femme qui se permette de lui faire des reproches, celle qui le suit partout.

Suzanne Leenhoff est née dans une petite ville au cœur des Pays-Bas. Certains disent qu'elle a été la maîtresse du père de Manet, et que le jeune Léon, le fils de Suzanne qui naîtra bientôt, est le demi-frère du peintre. D'autres disent que Léon est le fils de Manet, et d'autres encore qu'il est le fils du premier compagnon de Suzanne. On dit tellement de choses, peu importe.

Manet ne sera pas un mari fidèle mais Suzanne le sait, elle sait qu'il aime les femmes et qu'elles lui rendent la pareille, elle sait qu'il n'est jamais méchant, envieux ou aigri, elle sait qu'il est honnête et juste, elle sait que c'est un passionné.

Manet a besoin du calme nordique de Suzanne, de sa quiétude protestante. Quand il s'emporte et que la colère l'inonde, elle le ramène au sol, elle l'allonge sur la plage et lui redonne son souffle. Il la peint plusieurs fois, de profil en train de jouer au piano, ou de face sur le canapé écoutant la lecture que lui fait son fils, ou bien au jardin assise devant des rosiers, le visage de trois quarts, ou même prenant la pose, portrait officiel en un sens, de face, le regard lumineux de se savoir peinte et donc aimée.

Suzanne le soutient jusqu'au bout, elle est capable de tout supporter, capable même de lui survivre si un jour il la précède en terre. Il l'a tout bonnement épousée, elle est devenue sa femme, celle qui porte son nom et qui parle parfois en son nom.

L'année d'avant ce mariage, il rencontre une autre femme, un modèle qui pose pour les peintres et qui est pour lui une révélation. La sainte entre les saintes, celle qui va lui montrer où se cachait la vérité, celle qui va incarner les plus grands rôles de ce dramaturge très particulier. Victorine Meurent a dix-huit ans, Manet en a déjà trente.

C'est elle, pour toujours, qui sera son héroïne, l'incarnation de ses chefs-d'œuvre, *La Chanteuse des rues*, avec ses cerises, ou ce portrait éponyme, *Victorine Meurent*, peint à la Vermeer. Mais aussi *Mademoiselle V. en costume d'espada, Le Déjeuner sur l'herbe, Olympia, La Femme au perroquet, La Joueuse de guitare, Le Chemin de fer* : ses attitudes et sa chevelure changent mais ses yeux sont toujours là, directs et divins.

Une jeune femme pâle aux cheveux roux, avec un visage long et pourtant plein, un grand sérieux, un mystère, une gravité bouleversante. Elle a sans doute une petite coquetterie dans l'œil, un léger strabisme, elle le sait, elle s'en moque. Lèvres très fines, iris marron et vert, aucune angoisse, aucune honte, elle se prête volontiers à tous les jeux du peintre.

Sur la toile, on la voit réservée, profonde, le visage sévère mais, dans la vie courante, elle est bien sûr la plus vive, et rieuse, et endiablée des femmes, elle cache son jeu derrière un beau sérieux.

Entre cent talents, Victorine connaît la musique, elle vivra même plus tard en donnant des leçons de guitare. Elle aime Manet, mais également beaucoup les femmes. Dans la deuxième moitié de son existence, elle se mettra aussi à peindre, se spécialisant un temps dans les toiles d'animaux de compagnie.

Manet crée huit chefs-d'œuvre autour du visage de la divine Victorine, dans des situations et avec des vêtements toujours différents, c'est la plus grande déclaration d'amour de l'histoire de la peinture moderne, les yeux de la femme qu'il aime chaque fois plongés dans les siens, à une exception près, *La Joueuse de guitare*, mais elle y regarde le perroquet perché sur le manche de sa guitare si intensément que Manet devient cet oiseau. Les cheveux de feu comme Manet les a lui-même, les yeux verts en regard de ses yeux bleus, le teint pâle, l'allure altière, sans peur et sans reproche, ces deux-là sont pareils, ces deux-là se sont trouvés, ils se sont aimés, l'une a posé, l'autre l'a peinte.

Impossible pour Manet d'être l'homme d'une seule femme, il est marié avec une et tombe amoureux d'une autre, puis d'une troisième, et ensuite de multiples autres, au gré du vent et du flux des marées, des rencontres et de la majesté des corps. Aucune femme n'épuise la richesse des êtres, aucune femme ne comble seule le corps de Manet sans cesse en quête de son propre futur. La femme n'est pas l'avenir de l'homme, mais les femmes, toutes les femmes, le sont.

Pour Manet, qu'est-ce que le futur ? Les femmes à venir, l'espoir de nouveaux yeux, d'un nouveau rire, de nouvelles lèvres, de nouvelles dents, d'un nouveau cou, de nouveaux seins, d'un nouveau sexe, de nouvelles hanches, fesses, épaules, de nouveaux poignets, mains, doigts, un nouveau nez, un nouveau timbre de voix, une nouvelle taille, une nouvelle démarche, chaloupée ou martiale, une nouvelle façon de froncer les sourcils, d'appuyer le regard, un rictus des lèvres, une façon de se recoiffer, de pencher la tête, de courber ou non la nuque, de rire, et rire, et encore et toujours rire.

Apparaît bientôt Berthe Morisot. Elle est peintre copiste au Louvre, Manet la rencontre devant les tableaux. Il l'aime immédiatement et la peint aussitôt, elle et seulement elle, sans artifice, sans mise en scène, sans scénario ni costume. Il la veut, il l'a et cela a lieu sur la toile, au bout de son pinceau.

L'amour est là dans *Le Balcon*, grands yeux très lumineux, gros sourcils, petite moue de la bouche, menton marqué. L'amour est là dans *Le Repos*, offerte à demi allongée sur le divan. L'amour est là dans *Berthe Morisot à l'éventail*, la main aux doigts fins avec en plein centre du tableau l'alliance passée à l'annulaire, menton en accord avec le nez pointu comme l'angle d'un triangle, et encore d'autres portraits, allongée tout en noir, la tête droite, le regard provocateur de celle qui bientôt va épouser le propre frère du peintre. Elle lui signifie presque ouvertement, les yeux dans les yeux, que jamais lui-même ne couchera avec elle, et que c'est cela même, la frustration d'Édouard, et le fait qu'elle s'offre à Eugène, qui lui donne à elle un si violent plaisir.

L'amour est définitivement là, enfin, dans *Berthe Morisot au bouquet de violettes*, le premier d'une série de portraits qui prend fin avec le mariage de Berthe et Eugène. Les grands yeux marron-vert, la petite bouche, les fleurs pourpres dressées sur la poitrine, elle est maintenant éternelle.

C'était elle que Manet voulait, c'est elle qu'il n'a pas eue, qu'à cela ne tienne, il l'a aimée, il l'a peinte, et en ce monde restent mille autres femmes qui sans cesse se présentent à lui, partout, dans son atelier, au café, dans les galeries, les musées : Méry Laurent, Ellen Andrée, Isabelle Lemonnier, Éva Gonzalès, Marguerite de Conflans, Jeanne de Marsy, et des dizaines encore. Autant de femmes qui sont autant de paradis renouvelés et toujours prometteurs. Chacune est plus enivrante que la précédente, les femmes sont la seule vie qui compte, et non pas toutes, ni plusieurs à la fois, mais l'une à la suite de l'autre, comme les lettres des mots et les phrases d'un livre, sans fin et toujours nouvelles.

11

Un matin, Manet est chez son ami Léon Gambetta, son humeur est maussade, il souffre de plus en plus de sa jambe, un mystérieux mal que les médecins ne savent pas soigner. Il se sent seul et assiégé par le monde, il voudrait respirer plus librement, élargir la perspective. Gambetta décide de l'emmener chez le directeur du Louvre, c'est le privilège du président de la Chambre des députés de pouvoir sonner à la porte de qui il veut quand il veut. Sur place, ils peuvent enfin parler d'art en situation.

Manet évoque les maîtres italiens, et aussitôt le directeur va lui chercher un grand carton, une minuscule partie des œuvres conservées dans les réserves du musée. Il ouvre le portefeuille : des dessins de Botticelli, du Pérugin, de Mantegna, de Carpaccio, de Filippo Lippi, il y en a des centaines, nets et frais comme si on les avait tracés la veille. Manet s'assoit seul devant la grande table, il les examine longuement un à un, il reste silencieux, son œil va d'un bord à l'autre, il semble n'avoir aucune émotion, seulement la plus profonde concentration. Il apprend.

Gambetta se penche en arrière, les mains à demi plongées dans les poches de son pantalon, pouces sortis, massif, il échange un sourire avec les autres témoins. Leur ami est consolé, il est heureux. Manet travaille, il voit, il pense, il peint par avance. Il est au Louvre, il a entre les mains les plus rares et les plus magnifiques croquis de la peinture italienne classique, il s'en nourrit, il grandit.

Il se souvient de ce que lui disait jadis un collègue : je vais au Louvre pour apprendre. C'est exactement ça, le Louvre est une école permanente. La surprise et la fortune, c'est-à-dire l'enrichissement immédiat, apparaissent à chaque nouveau dessin que Manet amène à la lumière sur le bureau du directeur. Qui sait depuis quand ces chefs-d'œuvre sont là, comment ils sont arrivés à Paris, qui les a achetés, volés, reçus en don, préservés et classés, et peu importe, puisque aujourd'hui ils sont présents et agissent. Un trésor, suivi d'un trésor, suivi d'un autre trésor, sans fin. Manet ne dit rien, ses yeux agissent et il comprend, il se renouvelle, il croît en temps réel, seconde après seconde, il sera bientôt un géant et il se dépliera en peignant, les semaines et les mois prochains. Merci à Gambetta.

Son ami politicien devient quelques mois plus tard président du Conseil, il nomme Antonin Proust, l'ami d'enfance de Manet, ministre des Arts, le premier ministre de la Culture de l'histoire française. Ce dernier et Gambetta sont d'accord immédiatement sur une chose : le plus grand peintre français vivant doit recevoir sans attendre la croix de la Légion d'honneur.

Depuis la fin de la Commune et jusqu'à ce jour, Manet a peint sans relâche et imposé ses tableaux dans tous les esprits. Il a ainsi fait naître *Le Bon Bock*, *Polichinelle*, *La Dame aux camélias*, *Argenteuil*, *Nana*, *Autoportrait à la palette*, *Portrait d'Henri Rochefort*, *Pertuiset chasseur de lions*, qui obtient au Salon une médaille dite « de deuxième classe », *Le Printemps* et *Un bar aux Folies-Bergère*, parmi cent autres chefs-d'œuvre à l'huile, auxquels s'ajoutent autant de portraits de femmes au pastel.

Par un décret du 30 décembre 1881 du ministre des Arts, publié le lendemain au *Journal officiel* de la République française, est nommé dans l'ordre de la Légion d'honneur, au grade de chevalier, « M. Manet (Édouard), peintre (mention 1860, médaille 1881) ». C'est un grand soulagement pour lui, la sensation d'obtenir enfin ce qu'il méritait. L'Art, la vérité, l'absolu, l'éternité, il les a déjà, mais la reconnaissance de la France, de ce pays qui lui a tant donné et qu'il aime tellement, ce pays dans lequel il est né, et surtout ce pays qui a été le croisement des inventions artistiques les plus folles, le lieu de Léonard de Vinci et de Goya, de Chardin, de Watteau, d'Ingres, ce pays qui est celui des femmes, et surtout des femmes heureuses et libres, ce pays, il en devient enfin un citoyen respecté. *La Légion d'honneur récompense des mérites éminents acquis au service de la Nation, soit à titre civil, soit sous les armes*, a-t-il lu quelque part. Il est rassuré, le président du Conseil Gambetta et le ministre des Arts Proust l'ont reconnu au nom de la République française.

Maintenant, le public va pouvoir regarder posément ses tableaux. C'est une grande inquiétude qui le quitte, un poids qui se détache de lui. Il peut enfin s'envoler vers un nouveau ciel, tout le monde dit *mourir*, mais mourir ça ne veut rien dire.

12

Il a été aussi loin qu'il a pu. Maintenant le corps s'effrite lentement et les médecins commencent à prendre le pouvoir. Manet n'a plus la force de faire quoi que ce soit, ni de marcher, ni de peindre, ni même de parler, tout juste celle de penser. Il souffre. Sa jambe est nécrosée, la syphilis qui le paralysait épisodiquement depuis des années gagne le corps tout entier, il ne peut plus bouger. Les scientifiques trouveront comment guérir ce mal au cours du siècle qui vient, mais il lui manque trente ans, il est arrivé trop tôt, il va partir trop tôt.

Toutes ces années, il a reculé l'échéance, se soignant par hydrothérapie et surtout par de fortes doses d'une drogue puissante, l'ergot de seigle, pour ce que les docteurs, ces ignorants s'ignorant, prennent encore pour des rhumatismes. Jets d'eau glacée, alcaloïdes et autres traitements approximatifs qui n'ont pas pu chasser la souffrance et la paralysie.

Ce soir-là, se trouvent à son chevet deux professeurs éminents de la Faculté de médecine. Tout Paris est prévenu et très inquiet pour le célèbre Manet, chaque matin sa famille fait afficher sur la porte de l'immeuble un nouveau bulletin de santé, les journalistes viennent le recopier et le publient dans la presse du soir. Clemenceau, Gambetta, Antonin Proust sont bien sûr passés et ont envoyé leur médecin personnel examiner leur ami.

Il faut sauver Manet. La France, le monde ont besoin de lui. Il voit une chose que personne ne voit, il sait comment le futur donne vie au présent des êtres se sachant plus vivants que vivants. Il connaît le devenir, il sait des choses sur l'éternité. Manet ne peut pas mourir.

Certains proposent que le Louvre accueille dès à présent tous ses tableaux, comme il le désirait, et qu'on aille sans attendre aux États-Unis racheter un par un ceux que les collectionneurs privés, très avisés, ont déjà acquis à bon prix. Il faut rapatrier en France la totalité des Manet, les réunir dans un même espace, ouvrir un musée entier pour lui, oui, comme les plus grands peintres l'ont déjà à Paris, Gambetta ou Clemenceau s'en chargeront, ou plus tard celui qui leur succédera, un président du futur, dans un hôtel particulier de la République, le Musée Manet, oui. On lui annonce ce projet fou, pour lui redonner vigueur et augmenter son espoir en l'avenir. Mais Manet souffre trop, il est fatigué de se battre, il n'en peut plus de donner. Il veut être soulagé, il veut profiter enfin de son éternité, il a trouvé le secret, il sait qu'il est vivant et il peut le prouver.

Les médecins, croyant le sauver, décident de l'amputer de sa jambe gauche gangrenée. L'opération a lieu en début de soirée à son domicile, dans son propre lit, deux chirurgiens et deux infirmières participent à cet acte obscur que personne ne peut imaginer, ils tenteront par la suite de ne plus jamais y penser. Une fois l'amputation terminée, il faut attendre que l'aube arrive, puis le jour d'après, et le suivant, et que le corps retrouve son cours, qu'il récupère des forces, s'il le peut encore.

La première semaine, l'état de Manet semble d'abord se stabiliser, mais il se dégrade soudainement dans les jours suivants. Il n'y a plus rien à faire, les heures passent, il n'est plus conscient, il n'est plus là, il ne souffre plus, il quitte ce monde, il est reçu par son peuple. Il a cinquante et un ans.

Manet meurt, du moins il le laisse croire. En vérité, il est bientôt recueilli par une foule de femmes et d'hommes, un peu plus de femmes que d'hommes. En présence des médecins, de Suzanne, de Léon, de ses frères, de ses amis, et sans qu'aucun les voie faire, des centaines de corps invisibles s'approchent du lit et touchent sa jambe pour lui rendre sa vraie longueur.

Puis ces corps divins l'emportent, ils le saisissent à dix, cinq de chaque côté, ils le déplacent à l'insu de tous les mortels présents, ils passent à travers les murs de l'immeuble, ils sont maintenant dehors. Ils s'élèvent et marchent dans les airs, ils prennent appui sur le bleu des cieux, ils emmènent avec eux cet être unique.

Voilà, Manet est enlevé au ciel par les dieux qu'il a lui-même créés. Il change de dimension, il règne à présent sur un nouveau monde, entouré par son peuple et aimé de lui.

SON PEUPLE

1

Autoportrait de Tintoret (1854), Dijon, France

Qui le regarde se regarde lui-même. Parce que le vieux peintre a su devenir son propre miroir, parce qu'il a trouvé la preuve ultime de son existence, tous ceux qui le découvrent se découvrent eux-mêmes. Le jeune peintre qui l'a copié a compris à son tour qui il était vraiment. Chaque regard est un pur miroir, il ne faut pas le fuir, mais y plonger, sauter en plein torrent. Regardez les visages de tout ce peuple divin et regardez-vous enfin.

Ses yeux ont vu une vie entière, ils semblent déjà éteints, soulignés par de grandes poches en demi-cercles. Ils sont si grands, ils paraissent ne jamais se fermer, rester ouverts jour et nuit, en attente de ce qui passera devant eux, prêts à tout recueillir, la pupille parfaitement ronde et intense, sombre, réfléchissant et devenant elle-même le monde, un globe terrestre inséré dans chaque œil.

Au-dessus, la paupière tombe légèrement, le poids des années est là, le corps cherche à refermer l'œil mais cet œil refuse, il y a trop à voir encore. Quand la vieillesse arrive et que la mort approche, la moindre minute compte, chaque objet, chaque corps, chaque mouvement de la nature, des arbres, des animaux, du ciel, est une bénédiction remplie de signes décrivant l'avenir.

Son front est haut, sa chevelure blanche encore abondante, ses sourcils broussailleux, ses tempes pleines, grand nez busqué et tout le bas du visage couvert d'une longue barbe, épaisse mais parfaitement peignée. Le visage est oblong et pourtant assez plein, peu ridé, étiré encore par cette magnifique barbe blanche, brillant comme de l'argent, précieuse comme du platine.

Il ne soutient aucun regard, il ne pose pas ses yeux dans les vôtres, il est perdu dans ses pensées ou, plus exactement, il sait très bien où il est, il se tient au centre de lui-même, il réfléchit, il est concentré. Il est là, et sa seule présence témoigne. Je suis ce que je suis, je suis venu pour le dire, pour affirmer que je me connais, et confirmer que je m'accepte comme tel.

Il se pense, il se vit comme existant au moment présent, il est ancré en lui-même, il est dressé dans le Temps, droit comme un fil à plomb, il est un enfant de la Terre, en accord avec la force de gravité, dressé de haut en bas, tenu par l'attraction terrestre.

Un épais manteau noir l'enveloppe, une matière précieuse et chaude, la fourrure d'un animal ou une étoffe rare, et ce manteau descend sur ses épaules comme les deux pentes d'une montagne dont son grand visage lumineux serait le sommet. Son corps caché sous le manteau forme cette écorce terrestre abritant mille espèces, dont la plus importante de toutes pour toujours et à jamais, l'espèce humaine, c'est-à-dire lui, le vieux peintre qui a montré le paradis aux pauvres mortels.

Et pendant que ses yeux déambulent en lui, les mèches blanches de sa barbe blanche s'enroulent sur elles-mêmes, elles dansent lentement pour lui rendre hommage et insister sans relâche sur sa majesté. Il est un des premiers à découvrir qu'il *est.*

2

Portrait d'un homme (1855), Prague, République tchèque

Il prépare une révolution. Le voici de trois quarts, presque de profil, son seul buste visible. Il a le regard arrimé devant lui, loin à droite, les lèvres un peu pincées, le visage baissé pour mieux planter ses yeux dans l'avenir, pour faire poids. Il sait ce qu'il veut, il sait ce qu'il obtiendra. Il ne doute pas, douter est inutile.

Un long nez bosselé avec une extrémité pointue et des narines fines, des joues roses, des lèvres roses aussi, une moustache naissante de fin d'adolescence. De larges sourcils arqués qui descendent jusqu'à la naissance des tempes, de beaux yeux grands et clairs dont il ne reste, avec le manque de lumière, qu'un gris sombre. D'épais cheveux châtains dressés sur la tête dans un grand mouvement, une oreille complexe, écarlate et large, un teint général très blanc sur lequel les rougeurs ressortent. Un menton épais, un cou bref, et en dessous un vaste corps, bien trop grand pour cette petite tête si dense et si survoltée.

Il est engoncé dans un épais manteau gris, d'un tissu délicat, avec un grand col classique à découpe qui descend sur la poitrine, et dessous une chemise blanche éblouissante fermée par un nœud papillon de velours, bleu outremer mêlé de bleu plus clair. Il sait qui il est. Il sait où il va. Il n'a pas peur du futur. Un certain orgueil le soutient et le sauve des périls, il ne déviera pas de sa route.

Il souffre peut-être un peu, sans même s'en rendre compte, l'intensité de son avenir est telle que son corps doit en payer le prix, mais peu importe, tout cela est bien plus grand que lui. Il y a quelque chose là-bas, en lui, il le sait, il le voit, il y va.

Toute cette pression qu'il endure malgré tout, la haine des autres, l'amour aussi parfois, l'amitié, l'adoration des autres, il est comme à la croisée de toutes ces pulsions humaines, il les reçoit, elles le traversent, il se sent les filtrer et s'en nourrir. Il résistera à ce torrent de pleurs et de joies. Il faut faire, et il sait quoi faire, et bientôt il saura comment le faire.

Les cernes sous ses yeux révèlent son épuisement, et pourtant la tension de son visage ne cède rien et son regard ne faiblit pas, il ne se détourne pas, il ne ralentit pas la course de son esprit. Il est dans un moment d'immobilité mais jamais il n'a été aussi rapide, il est en train de courir, de gagner quelques secondes de plus. Il remonte le Temps.

3

La Nymphe surprise (1860), Buenos Aires, Argentine

Elle n'est pas fâchée contre celui ou celle qui l'a ainsi surprise, elle est interrogative, elle cherche à en savoir plus sur ce curieux intrus. Elle veut connaître un corps de plus, ajouter à son expérience un élément nouveau. Alors elle creuse la tête de cet inconnu, elle s'accroche à lui, elle l'interroge en silence. Quel est votre nom, d'où venez-vous et que voulez-vous ? Elle ne le condamne pas d'emblée, elle lui offre sa chance.

Elle est nue et si vulnérable, elle replie son corps, croise ses bras et ses jambes, se recroqueville, un drap bouchonné serré sur ses genoux. Elle est penchée en avant, ramassée sur elle-même, la tête dans le même mouvement avec une légère inclinaison, et pourtant son regard est solide, ferme, parfaitement droit et comme fiché dans le sol, fixe comme une statue et tout aussi profond.

Petites lèvres charnues, parfait ovale du visage, sourcils fins, regard bleu-gris un peu plus sombre, l'œil gauche à demi rétréci par une paupière qui se baisse, et ne cède que devant des cils longs qui, au coin de l'œil, lui font comme une virgule. Et sous chaque œil, ces cernes de fatigue dus à tout le poids du monde, sa beauté est un grand pouvoir, et tout grand pouvoir impose de grandes responsabilités. Elle semble dire : Venez si vous osez, parlez-moi, demandez-moi ce que vous voulez et je vous l'accorderai aussitôt, comme une faveur issue de la parole, le langage suscitant la grâce.

Elle porte autour du cou un double collier de perles et c'est son seul vêtement. Ses cheveux châtain clair descendent sur ses épaules en mèches mêlées, restes de nattes défaites, pour moitié sur son dos, pour moitié devant sa poitrine. Elle sort de la rivière, elle est assise sur ses vêtements mal pliés, une belle robe pourpre, ocre et émeraude. Des iris poussent à ses pieds, au bord des eaux. À sa main droite, qu'elle plaque sur le haut de son bras gauche, une bague d'or passée à l'annulaire.

Elle n'a pas peur, elle n'est pas en colère, elle n'est peut-être même pas si surprise que ça, elle s'y attendait, elle connaît le monde, elle connaît sa beauté, elle sait ce qu'elle est, elle sait ce qu'elle veut, elle sait où elle souhaite aller, elle s'y rend, elle s'en rapproche peu à peu chaque jour.

Elle offre tout ce qu'elle a, elle n'est pas avare de sa connaissance, de ce qu'elle a appris à être. Elle s'est laissé surprendre, elle voulait piéger un humain, un homme ou une femme, et ça y est, ils et elles arrivent, un à un, peu à peu, elle fait signe de la tête, elle se penche en avant pour signifier : Oui. Oui, allez-y, venez, c'est votre tour, le jour est arrivé, l'Antiquité et l'avenir sont enfin rassemblés.

4

L'Enfant à l'épée (1861), New York, États-Unis

C'est un enfant de neuf ans, aux cheveux roux parfaitement peignés, avec de grandes oreilles tordues, le teint pâle, les joues légèrement roses et des yeux gris immenses. Il est obéissant, silencieux, immobile. Son visage est rond et un peu joufflu.

Il regarde droit devant, dans le vide, au loin, il regarde en lui et s'interroge longuement. Que veulent les adultes, à quoi tout cela rime-t-il ? Pourquoi y a-t-il ceci plutôt que le silence et le vide ? Et où l'emmène-t-on ? Où ce vieux monde va-t-il ? Pourquoi les animaux ne parlent-ils pas ? Pourquoi le soleil se couche-t-il chaque jour ? Qui a inventé l'écriture ? Comment sont fabriquées les horloges et pourquoi les arbres donnent-ils des feuilles et des fleurs ? Il apprend, et on lui dit certaines choses, mais il sait également qu'on lui en cache beaucoup.

Il n'a pas de père, mais il sait qui est son père. Il sait qui est son père mais il ne doit pas le dire. Il n'a qu'une mère et un grand ami de sa mère, et il adore cet ami, et cet ami l'adore. D'ores et déjà, il connaît ce qu'il doit connaître, il sait qui il est et qui il deviendra.

Dans ses bras, il porte une lourde épée glissée dans son fourreau avec sa bandoulière de cuir. Le manche repose sur son bras gauche replié, tandis que l'autre extrémité de l'épée est dans sa main droite. On sent le poids de l'arme, mais l'enfant la soutient malgré tout, appuyé sur sa jambe gauche, la droite en flexion comme s'il s'apprêtait à partir. Il a chargé l'épée dans ses bras, il a pu soulever l'arme et il va l'emporter, le jour venu il saura la brandir s'il le faut. C'est son trophée, le cadeau que son père secret vient de lui faire, à l'abri des regards.

Il s'est déguisé en habit d'époque l'espace de quelques heures, mais l'épée, elle, restera à lui pour toujours, c'est un présent à vie. Sans que ce père le lui ait dit, il sait qu'il l'a méritée. Il regarde devant lui, il ne dit rien mais on peut lire ses pensées, et son propos est clair : Je suis là.

Et aussi, cette phrase si énigmatique, symbole de sa liberté éternelle, une phrase que personne ou presque ne pourra comprendre : Je ne dois rien à personne. Il n'a pas de dette, on lui a beaucoup donné et on va encore le faire, mais il est libre de ne rien rendre. Personne, jamais, n'aura de créance sur lui. Ni son père, ni sa mère, ni ses enfants, ses amours, ses employeurs, ses employés, ou ses multiples banquiers et clients. Je ne dois rien à personne.

5

Portrait de Madame Brunet (1861), Los Angeles, États-Unis

On n'a jamais vu une robe plus majestueuse et plus triste, toute de satin noir, avec des rubans de dentelle cendrée dépassant en bas et aux manches, avec un col plus épais, fourré mais plat, et un nœud papillon au-dessus de son chemisier blanc.

La jeune femme porte des gants de daim ocre, elle a ôté celui de sa main gauche, ce qui laisse voir deux bagues d'or glissées à son annulaire. De la poche de son manteau sort un mouchoir. Sur sa tête, un large chapeau noir avec le bout d'une plume grise et verte, une plume de paon.

Son visage est encore celui d'une adolescente, rond et un peu joufflu, entouré de cheveux à longues boucles. De grands yeux, de grands sourcils, un regard direct plongé dans vos yeux et pourtant ailleurs. Mais elle n'est pas ailleurs, elle est ici, elle juge le monde.

Un de ses yeux part sur la droite alors que l'autre regarde en face, elle a un strabisme, on le lui dit depuis qu'elle est enfant. Elle en a été peinée, elle s'en moque à présent. C'est une coquetterie, et ainsi personne ne lui ressemble. Sa vue est parfaite, c'est tout ce qui compte, elle ne se voit pas, alors elle oublie que les autres la voient. Elle sait qu'elle est très grande, elle sait qu'elle est très noble, qu'elle a une connaissance que personne d'autre n'a.

Elle tient son gant, elle penche très légèrement la tête sur le côté, elle laisse son bras droit tomber devant elle et, tout cela, elle le fait parce qu'elle s'aime, parce qu'elle sait qui elle est. Si peu d'êtres humains savent qui ils sont. Elle est concentrée sur ce qu'elle est, et sur ce qu'elle veut faire en plongeant si profondément en elle, mais peut-être sourit-elle secrètement, au travers de ses larges lèvres fermées, plissées à leur commissure, et peut-être que c'est ce qui donne à son teint blanc ces notes roses soudaines, cette rougeur qui contredit le creusement maladif des joues de son visage si rond.

Elle vit, donc elle est une reine. Une reine sans royaume, une reine au milieu de millions d'autres rois et reines, elle a été là, donc elle sera là pour toujours, non pas seulement dans le souvenir d'autres vivants, mais présente entièrement et perpétuellement. Elle a tout pouvoir sur la matière et tout pouvoir sur le Temps, elle n'a plus peur de rien ni de personne, elle est parvenue à ce point de l'existence où elle est protégée et à jamais elle-même, extatiquement elle-même, pleine de toutes ses qualités et de tous ses défauts.

6

La Maîtresse de Baudelaire (1862), Budapest, Hongrie

Elle est si éloignée de tout, perdue dans la galaxie de sa robe, son sofa, son rideau, sa main géante, l'éventail qu'elle tient, tout ce monde qui, sorti d'elle-même, finit par l'étouffer. Le temps a passé, les années l'ont usée. Pourtant, elle n'a jamais varié d'idée.

Elle est forte de ses yeux sombres, ses sourcils épais, sa bouche menue et légèrement pincée, sa chevelure abondante et rebelle, ses étranges cernes verticaux sous les yeux, comme deux larmes sombres, avec les joues creuses mais le visage encore épais, pour ainsi dire carré, et la mâchoire solide. L'éclat noisette de ses yeux force l'obscurité, ils brillent et s'accrochent dans le loin, et elle se tient à ce but, cet horizon solide. Autour de son cou, un petit crucifix d'argent qui brille comme un diamant. Les pommettes de ses joues sont empourprées, sans doute par la chaleur. Elle semble attendre quelqu'un, mais elle n'attend personne, elle pense, elle se laisse aller.

Elle a mis une grande robe blanche à rayures verticales, avec au col un galon noir que ferme une broche d'or accordée au bracelet qu'elle porte au bras droit, et le bas de sa robe disposé tout autour d'elle sur le canapé ouvre un immense océan, comme ces lagons des îles où elle est née jadis, si loin d'ici et il y a si longtemps.

Dans la main droite, elle tient son éventail vert dont la couleur s'accorde à celle du canapé. Son visage est entouré de parures : ses boucles d'oreilles corail, sa robe blanche, le grand voilage brodé qu'elle empêche, par une pression des doigts, de s'envoler sous la brise. Elle est comme cernée, honorée, mise en valeur par les matières et les objets.

Son regard est sombre et ses yeux sont creux, mais aucune tristesse, aucun regret, aucune souffrance en elle. Elle attend son temps, elle connaît son destin, elle l'accepte, elle sait qui elle est, elle laisse le monde tourner dans sa ronde de monde, elle est immobile et lui il tourne, elle est le dernier point fixe de la réalité, la référence ultime.

Elle penche légèrement sur le côté tout en demeurant parfaitement stable, elle a son axe propre, c'est le reste de l'existant qui n'est pas vraiment droit. Elle penche tout en n'étant jamais déséquilibrée, elle gîte pour aller plus vite, elle se tient fermement au seul point fixe possible, elle se tient à elle-même.

Son petit nez cassé, ses yeux obscurs, ses cheveux plus obscurs encore, tout en elle fait bloc et se dirige vers un certain point du futur, son devenir, son destin choisi. Elle restera car elle est la seule qui sait, la seule femme vraiment présente et consciente en ce monde. Elle se connaît, et elle sait qui elle est, et elle s'en satisfait. Elle se plaît, elle est toute petite au centre de cet univers, décentrée et penchée, mais elle en reste à jamais le point d'origine et le cœur, le moteur de tout.

7

Le Petit Lange (1862), Karlsruhe, Allemagne

Cet enfant de cinq ans a des yeux énormes, des pupilles noires disproportionnées et un regard d'adulte. Il est solidement attaché au monde, il est sûr de lui, sûr de ce qu'il sait. Il n'a plus rien à apprendre, il connaît tout, il est tout, le monde lui appartient, le globe est dans sa main.

Ses oreilles sont très grandes, son front vaste, ses joues courtes, pleines et rouges. Il a d'ores et déjà accompli sa vie, il est le roi, il est né roi et non pas seulement prince, un enfant dieu qui comprend le monde et qui l'englobe en lui.

Son regard est direct, fixe et en même temps absent, ailleurs, il examine le monde, le pense, le juge, et l'aime contre toute logique. Au-dessus de son front à la peau si pâle, ses cheveux foncés ont été bien peignés vers la droite, en une mèche basse. Sur le dessus du crâne, il porte un chapeau noir à large bord qui, repoussé en arrière, forme une auréole sombre tout autour de la tête. Devant un mur ocre, son visage se détache comme si derrière lui un hublot s'ouvrait sur la nuit profonde.

Il est vêtu d'un manteau noir à gros boutons enfilé sur une chemise blanche dont le col repasse sur l'ensemble. Il pose, il se tient bien dressé, buste haut, un pied en avant, il n'a pas à obéir à qui que ce soit puisqu'il sait qui il est, puisqu'il a adopté seul et naturellement cette attitude de parade. Il n'a peur de personne, rien ne peut l'approcher ou le menacer. Dans sa main droite il tient ses jouets, et un foulard rouge qui descend jusque devant ses chaussures rehaussées de guêtres grises.

Le bas de son visage est large, il est si jeune, il doit encore grandir, son corps doit s'étirer, se développer tout autour de ses yeux qui eux ne grandiront plus, et il s'élèvera en taille année après année, le temps s'allongera sans fin et augmentera sa hauteur.

On voit que ses souliers touchent le sol et pourtant tout indique que l'enfant se tient mystérieusement dans les airs, qu'il lévite. L'attraction terrestre ne le concerne pas. Ses lèvres sont pourpres, ses joues sont rouges, ses oreilles également, ses yeux sombres brillent et laissent apparaître, de biais sous la lumière, des notes marron et vert.

Son nom n'est pas célèbre, il n'est qu'un fils de bourgeois, pas un illustre prince ou un enfant de la cour. Il n'aurait aucune raison de se prendre pour un roi s'il ne savait, en lui-même, et contre toute évidence biologique et sociale, qu'il était un souverain. C'est le plus commun et le plus simple des enfants, et pourtant il est déjà roi du monde, cela ne s'est jamais vu, chez aucun humain, ni aucun dieu, ni dans aucune religion, jamais, nulle part. Il est unique. Il dit : Chacun est toujours unique.

8

Mademoiselle V. en costume d'espada (1862), New York, États-Unis

Derrière sa mine sérieuse, elle rit. Elle ridiculise toute la Création, elle jubile, elle joue. Chevelure rousse, sourcils clairs, joues rougies, lèvres charnues, les yeux gris foncé, elle s'est déguisée en matador, elle a mis un habit d'homme.

Le strict chapeau noir posé de biais, sur un foulard fuchsia qui entoure sa tête et est noué sur sa nuque, la veste courte et le fuseau noir, les chaussures ocre à fond plat tenues par un ruban bleu noué, le foulard jaune sortant de la poche de sa veste. Dans la main gauche, la muleta pourpre qu'elle agite. Dans la main droite, l'épée du matador qu'elle brandit vers les astres, comme si elle allait, dans l'instant, faire tomber la foudre sur le terrible animal.

Elle parade, elle pose gracieusement, avec un beau sérieux et en cachant soigneusement son rire. Elle se moque du taureau, elle se moque de la férocité, de la brutalité, de la violence, elle se moque de la mort. Elle se tient de trois quarts, en appui sur une jambe, elle s'apprête à marcher de côté, elle mime un défilé, regardez mon allure, admirez cet habit.

Elle fait le clown sous des allures très sages, elle fait croire l'espace d'une seconde qu'elle est d'ici, et vit ici, alors qu'elle est d'ailleurs, et vit ailleurs. Seul son esprit passe quelques minutes en ces lieux. Elle songe, elle pense, elle regarde plus loin, elle se tient seule en elle-même, elle cultive sa solitude féconde, elle est sa propre divinité, sa déesse et sa croyante à la fois.

Son visage resplendit et apparaît d'une seule pièce claire, peau blanche comme une trouée de soleil au milieu de la tempête alentour. Son visage, ses yeux sombres s'éclaircissant quand on les regarde longtemps, son front court et pâle, son long nez à l'extrémité pointue et aux narines larges, ses lèvres fines, charnues, grenat, sa courte oreille sans lobe, son cou plein et son menton divisé par une fente, ses paupières tombantes : tout lui confère la force d'une statue, la lumière d'une déesse, elle qui n'est encore qu'une mortelle.

Mais une mortelle connaissant parfaitement son être, une mortelle sûre d'elle-même. Elle fait pivoter tout son corps, comme si elle paradait, comme si elle dansait. Elle n'a plus peur de rien, elle sait ce qu'elle fait là, ce qui lui plaît, elle se connaît elle aussi, encore et encore, comme ses frères et sœurs de ce peuple mystérieux qui n'a jamais existé et qui pourtant restera présent jusqu'à la fin des temps, comme d'immortels fantômes, des êtres de papier, des êtres de poussière, des atomes enfin conscients d'eux-mêmes.

J'ai compris que j'existais, avoue-t-elle avec le plus grand naturel. Je l'ai compris, vu, su, et immédiatement ressenti. À présent, j'y pense constamment, et mon regard ne peut plus se détacher de cette pensée de moi-même, de cette révélation, je *suis,* et je dure, je ne disparaîtrai jamais. Alors, oui, elle brandit son épée et sa muleta, et pivote, et toise du regard, elle tourne sur elle-même comme si elle dansait, et en secret elle vit.

9

La Négresse (1862), Turin, Italie

Quel bonheur d'être ici, d'être soi, heureuse, et seule, et libre. Un foulard roulé en turban, aux couleurs multiples, vert olive, vert vif, jaune, ocre, rouge profond, orange, lui serre le sommet du crâne, entoure son front, et cache ses oreilles au lobe desquelles pendent deux énormes perles noires l'une sous l'autre, magnifiques, étincelantes.

Elle tourne légèrement la tête vers la droite, et penche un peu le visage. Son regard glisse vers le bas, mais au loin. Elle voit loin, elle se voit loin et sourit, pleine de sa sérénité.

Ses sourcils sont à peine visibles sur sa peau noire, ses cils forment une virgule au-dessus de ses yeux, à la commissure, ils adoucissent encore son regard, ils paraissent une caresse qu'elle se fait à elle-même. Elle est encore plus heureuse que belle, sa grâce s'efface devant son bonheur.

Pommettes hautes, lèvres charnues et courtes qui dessinent un ferme sourire, et sous son cou un court et éclatant collier de rubis enchâssés dans des gangues d'argent.

Les boucles d'oreilles et le collier ne la rendent pas plus belle, c'est elle qui les fait rayonner. Ses épaules tombantes sont découvertes, et elles révèlent une peau plus claire que son visage et qu'on devine immédiatement douce comme la soie, et après ses épaules commence la robe de taffetas blanc, précieuse avec ses reflets gris et bleus.

Les cauchemars glissent sur elle, elle est présente, elle est belle, apaisée, retrouvée, elle se voit, s'apprend, s'admire, se comprend totalement, tout entière, elle sait que le monde tourne tout autour de sa tête, de son visage circulaire, de son turban montant en cercles successifs, de son collier, de son couple de perles noires. Aussi ne lâche-t-elle plus du regard ce point de l'espace qui la contient et qu'elle-même contient, ce centre où elle se sait vivante, présente et éternelle.

Elle a le regard perdu de celle qui est heureuse pour toujours, elle a retrouvé le vrai paradis, elle a échappé à toutes les horreurs du monde, elle a connu l'enfer et le purgatoire, elle a atterri au ciel. Elle sait qui elle est, enfin, elle l'a découvert, vérifié, expérimenté. Elle a la certitude, elle est ici, elle a tellement reçu, davantage que jamais ses filles ni ses petites-filles ne pourront jamais redonner.

Elle a une dette immense envers la réalité, et cependant cette dette se convertit instantanément en créance, plus elle gagne et plus elle va encore gagner, c'est la spirale féconde. Il suffisait d'être soi et d'être là, au bon endroit et au bon moment.

10

Lola de Valence (1862), Paris, France

Le sourire est franc, elle s'amuse, elle a l'habitude, elle sait l'effet qu'elle produit sur autrui, les hommes, les femmes, les adultes, les enfants, les vieillards.

Elle tourne sur elle-même, ballerines aux pieds, la jambe droite légèrement en avant, la gauche en retrait et le buste orienté dans l'autre sens, la tête à nouveau de côté, et le regard fixe, le menton redressé. Elle est parée, magnifiquement habillée, cheveux très noirs, sourcils épais, deux grands yeux sombres faussement éteints sous les paupières, des traits de khôl, le rose aux joues, trois grains de beauté sur la pommette gauche, de larges lèvres rose vif.

Elle paraît à la fois amusée et blasée, remplie de sa beauté, ivre de sa magie. L'arrondi de son visage est encerclé par une mantille de dentelle blanche qui descend jusque sur sa poitrine, puis se termine par un collier de petites roses tressées. Une écharpe bleu pale traverse son buste de biais.

Le bas de sa robe noire est agrémenté de motifs floraux, pétales rouges, jaunes, orange, et feuilles vertes, qui se détachent sur le noir, fleurs éclatantes sur la nuit, découpées par deux rangées de ruban brodé écarlate, à mi-cuisse, au milieu de la robe, et en bas, au-dessous des genoux. Sous la robe, ses mollets épais sont glissés dans des collants blancs, et aux pieds elle porte des chaussons de danse en satin rose, dont les rubans se croisent autour de la cheville.

Sa main gauche est dissimulée sous sa mantille à hauteur de la taille, tandis que dans la main droite elle tient son éventail de bambou et de tulle, à peine ouvert et laissant pendre un pompon de velours bleu qui ajoute momentanément une couleur supplémentaire au chamarré de sa robe. À son bras, un bracelet d'or enchâssant une grosse pierre d'onyx.

Elle sourit et pourtant elle ne voit rien du monde, elle ne voit qu'elle-même et elle sourit d'elle-même. Elle est heureuse des choses telles qu'elles sont, heureuse d'être elle-même, heureuse d'être ici.

Elle songe à son futur, à son passé, elle ignore le présent, elle se sait issue d'un peuple à qui elle ne doit rien et qui ne lui doit rien, jetée en lui par hasard et pouvant s'en extraire à jamais d'un seul mot, et même d'une seule pensée.

Elle connaît sa chance tout en sachant qu'elle la méritait, précisément parce qu'elle y a pensé, parce qu'elle l'a voulue. Elle a atteint son but, elle a gravi son sommet, elle a vaincu le toit du monde, vu d'ici ce n'était pas si ardu.

Derrière elle, la lourde porte cache l'arène où les toreros risquent leur vie chaque minute. On y distingue la foule, et un picador dans son costume écarlate qui lève le bras gauche pour saluer. Toute cette folie humaine, de peur, de mort, de fièvre, de sang, de ferveur, de flamme, ne la touche plus, elle a atteint l'extase, elle a dépassé les passions humaines, elle est enfin elle-même.

Devenir soi, tout est là. L'endroit où elle est parvenue et où, par le regard, elle se trouve solidement ancrée est un lieu que personne d'autre n'atteindra jamais, c'est son endroit, c'est son soi. Le lieu où se tient son être, le lieu que ses yeux admirent et qu'à présent elle ne quittera plus. Elle est chez elle pour toujours.

11

Victorine Meurent (1862), Boston, États-Unis

Recevoir le plus de lumière possible sans ciller, sans fermer les paupières ni baisser le regard, voilà son rêve, et elle l'accomplit avec facilité. Les cheveux roux, les yeux clairs et un beau sérieux qui dissimule habilement un sourire. Les petits plis sous les yeux, les lèvres légèrement pincées, oui, elle s'apprête à rire et dévorer du regard ceux qui la dévisagent.

À l'arrière de sa chevelure, un ruban de soie bleu lui fait un bandeau sur le dessus de la tête, alors que sur la nuque un filet noir tient sa longue chevelure en chignon. Un chemisier blanc très simple finit de l'habiller, à col bordé d'un galon noir, et avec de larges coutures sur les épaules, et qui s'accorde à un petit lacet noué autour du cou en guise d'accessoire.

Au lobe de ses oreilles, un petit diamant taillé pend à une courte chaîne. Son front resplendit, elle inonde de blanc toute la création, tandis que ses joues, jouant avec la lumière, ont des reflets roses assortis à ses petites lèvres. Sur son menton, une fossette qu'elle a de naissance, c'est sa marque.

Elle est jeune et pourtant semble déjà âgée, ou plutôt déjà sage. Elle a vu ce qu'il y avait à voir, elle connaît l'amour, elle sait. Elle accepte son avenir, elle a compris qu'il sera radieux.

Elle semble dire : Je n'ai rien à vous dire. Elle est si silencieuse, elle est là sans raison, sans aucune justification. Un peu de tristesse, ou plutôt de gravité, toute la clairvoyance de l'époque, tout le mal et tous les drames du siècle qui va venir et que devront traverser les plus jeunes.

On croit qu'elle attend quelque chose, ou bien qu'elle va parler, mais pas du tout, elle est seulement qui elle est, et c'est l'aveuglement du reste de la Création qui la fait sembler telle. Elle est solide, inflexible, comblée, informée, rassurée, immortelle, vivante au présent, et vivante pour toujours.

Ses yeux verts jugent le monde, son visage tourné de biais prend de biais la réalité, la renvoie comme au tennis une raquette retourne une balle arrivée de côté avec un effet de courbure, décrivant une ellipse. Elle a tourné le visage, pour dire à la fois « Mais non, voyons » et simultanément « Mais si, je suis ».

Elle est la nouvelle lumière, le second soleil, non moins chaud et non moins éternel que le premier soleil. Elle perce du regard tous ceux qui lui font face, bien qu'elle ne les regarde pas vraiment, elle ne regarde plus rien, elle s'en tient à elle-même, elle se dresse en elle-même. Le monde tourne autour d'elle, pour cette seule raison qu'elle est vue, découverte, reconnue.

Elle a compris qu'elle était vivante, elle a découvert ce que ça signifiait. Être unique, être heureuse et ne rien attendre qu'on n'ait déjà conquis par l'esprit.

12

Mariano Camprubi (1862), collection privée, localisation inconnue

Il penche comme un roseau. Il se tient incliné, à la fois en arrière et sur le côté, en appui sur son pied gauche. Il porte un grand costume de danseur espagnol, le poing gauche sur la hanche retenant sous son bras un grand manteau écarlate, la main droite le long du corps serrant ses gants noirs. Son habit de lumière est blanc et rouge, mauve et noir. Il semble poser, mais en vérité il considère ce qu'il voit avec étonnement, il n'en revient pas de tous ces humains hésitants, si tristes et si peu sûrs d'eux-mêmes.

Il a tourné la tête de trois quarts, il a le corps tout tordu dans cette attitude, il se cambre comme il l'a fait plus tôt pendant le spectacle de danse, son numéro de *bailarín* espagnol avec sa compagne Dolores. Il trace des arcs avec son corps, il imite la course du soleil.

Chapeau plat noir, pantalon collant blanc, escarpins noirs, veste rouge brodée de blanc et de noir, épaulettes roses, chemise immaculée et grande cravate mauve fermée par une aiguille d'or, accordée au foulard qui entoure sa taille : il est magnifique.

Il a le visage maigre, de petites moustaches brunes et un début de bouc au menton, des sourcils marqués et rares, de petits yeux en amande à demi clos et de larges paupières, un regard de grand seigneur de la grande Espagne, de conquérant régnant sur le monde. Ses moustaches remontent à leur extrémité, comme ses lèvres à peine visibles, un rictus amusé, le contentement de celui qui a accompli sa vie.

Son nez épais, court et ferme, élargit son visage et révèle sa force surhumaine. Entre les deux sourcils, à la naissance de son front haut et long, une fossette. Sous ses yeux, des poches, stigmates de la fatigue, des mois et des années passées à travailler et chercher, lente usure du corps que seules de longues nuits parviennent à réparer.

Il tient son manteau sous le bras, il est prêt à partir, il ne reviendra pas, il a trouvé sa solution, il a compris qui il était et à quoi il devait dorénavant consacrer tout son temps. Danser, absorber la musique en lui, échapper à l'époque, s'ancrer dans le futur et le laisser l'emporter. C'est avec le futur qu'il danse, c'est à lui qu'il s'accroche, il s'y voit enfin en miroir, il constate qu'il existe, il obtient la preuve, présente et permanente, qu'il est. Et unique. Et le seul à être, comme sa partenaire, danseuse elle aussi, doit savoir à présent qu'elle est, et la seule à être. Il pense : J'ai vécu, je vis, et je vivrai éternellement, ouf, merci, adieu.

13

La Chanteuse des rues (1862), Boston, États-Unis

Elle sort d'un cabaret à la nuit tombée, elle porte sa guitare à la main et sous le bras une poche de papier pleine de cerises éclatantes. Elle les mange sans attendre.

Ses cheveux sont encore roux, les cheveux des femmes sont toujours roux, brillants et brûlants comme un soleil couchant. Son teint est blanc, ses joues très légèrement rosées. Ses yeux gris-vert grands ouverts semblent tristes à force d'immobilité. Elle porte deux cerises à sa bouche, dissimulant ses lèvres derrière. Son front est caché par un chapeau bas circulaire et noir. À ses oreilles pendent des boucles de cornaline ou d'ambre, une grosse pierre sous laquelle tombent deux plus petites.

Elle a chanté dans le cabaret pendant toute la soirée, on lui a offert quelques fruits, elle les mange en partant, sur le chemin qui la ramène chez elle. Elle regarde qui la regarde, elle n'est pas étonnée d'être aperçue ici, son visage est si pâle, on jurerait qu'elle va défaillir. Elle paraît se fondre dans la couleur de sa grande robe, une robe grise sur laquelle elle a passé une longue veste, de même couleur et soulignée de galons noirs aux poches, au col, et aux manches.

Dans son dos, par la porte entrouverte, arrive le brouhaha de la brasserie, ses éclats de voix, ses bruits de couverts, ses commandes criées par les serveurs, mais cette folie passagère ne la trouble pas. Elle a chanté, elle est heureuse, elle est elle-même, elle mange ses cerises immobile en se regardant, en se fixant sur la suite de son existence.

Elle se délecte des fruits rouges, elle les colle sur ses lèvres, elle les offre, elle se les offre, elle apprécie ce moment si rare et pourtant habituel pour elle, l'extase de sa propre existence, la certitude de savoir qui elle est et en quel lieu elle existe.

Elle a joué et elle a chanté, à présent elle va rentrer. Elle est si jeune bien qu'elle connaisse déjà tout de la vie, son visage est si doux, si blanc, si rose, sa main aux os saillants si neuve, elle paraît une adolescente.

Elle n'attend rien qu'elle ne sache déjà, mais la curiosité des autres à son égard l'étonne toujours, ils sont tous craintifs, lents, incertains de leur propre existence, comme si on leur avait retiré toute force, comme s'ils étaient devenus des automates, des objets dénués de sens, odorat, toucher, ouïe, goût, vision, et surtout pensée, raisonnement. Ils ne raisonnent pas, ils ne se donnent pas la peine de penser et d'analyser. S'ils le faisaient, eux aussi ils sauraient.

Mais qu'à cela ne tienne, à chacun sa guerre personnelle, elle a gagné la sienne il y a longtemps déjà, son visage le révèle à quiconque sait lire. La lumière est en elle et vient d'elle. Ses yeux, perdus en elle-même, le confirment, elle est là où elle doit être, et elle le sait sans arrêt, pas un instant elle ne doute, perpétuellement elle s'admire en connaissance de cause. Elle se goûte et se savoure.

14

Le Déjeuner sur l'herbe (1863), Paris, France

Le monde est parfait et plein de mille futurs, la joie et l'émotion violente viennent à vous sans effort, la nature ou les mondes anciens sont autant de sujets d'étude. Les hommes sont habillés, les femmes sont nues. L'une est dans l'eau et semble se laver, penchée comme si elle priait. L'autre regarde face à elle, elle vous regarde et elle sourit. Les deux hommes parlent, tour à tour passionnés ou songeurs.

Elle est là, elle est nue, assise sur l'herbe pour le déjeuner. Elle invite qui le veut à venir les rejoindre, ou à l'accompagner, elle seule, plus loin dans les buissons. Elle a le temps et l'envie, il n'y a pas de limite, pas de durée, si ce n'est celle du jour.

Ils sont dans la forêt. Plus loin, derrière eux, une rivière et une barque amarrée, prête à glisser sur l'eau. Le triangle formé par ce groupe est parfait, il constitue la géométrie ultime, celle qui explique l'inexplicable, le mode d'emploi de sa propre existence, la preuve, pour chacun, qu'il existe par lui-même pour lui-même. Et le point d'entrée dans cette équation est le corps intégral de la grande héroïne, celle qui se tient au premier rang, entre les deux hommes. Tout en riant, elle semble étonnée de découvrir qu'elle va surprendre le monde. Elle est l'éclaircie.

Une large oreille tendue, un visage plein, les yeux grands ouverts et sombres, énormes, aux contours cernés par la bonne fatigue qui fait sortir du sommeil mille fois plus vivant qu'avant. Le long nez, fin et vaste à la fois, la fossette au bas de la joue en face de la commissure des lèvres, l'ombre légère entre le nez et la bouche, et celle au-dessus du menton. Le visage tourné de trois quarts et souriant, presque riant, regard franc et direct, avec cette main droite qui tient le menton, comme faussement intriguée, vous interpellant et disant : Vous ne saviez pas que vous étiez vivants, regardez-moi, regardez-vous.

Elle est nue, assise à parler le plus naturellement du monde avec des hommes de qualité, civilisés et fort bien habillés. Elle est tout à eux et tout à elle-même, les lèvres charnues, humides et roses, les sourcils clairs presqu'invisibles, les cheveux roux épais tenus sur le dessus par un long ruban noir. Elle sait ce qu'elle fait, elle sait où elle va, elle sait qui elle est.

On distingue l'arrondi de son sein, son dos et sa cuisse, sa jambe, le dessus de son pied droit et la plante de son pied gauche. Ses fesses sont posées sur une nappe d'un bleu divin étendue sur l'herbe. Et elle sourit, encore et encore.

15

Olympia (1863), Paris, France

Elle attend patiemment le moment. Elle est prête, attentive, disponible, totalement elle-même et heureuse d'être elle-même. Elle est étendue sur le lit, avec pour seuls vêtements des mules en velours aux pieds, un bracelet d'or au poignet droit, un lacet noir autour du cou qui soutient un bijou, de grosses perles aux oreilles, et enfin le nœud d'un ruban rose passé dans les cheveux, près de son oreille gauche.

Elle est jeune, très jeune, dix-neuf ans, peut-être dix-huit. Elle s'offre, et pour qui ne le comprendrait pas, sa servante noire, très mystérieuse, très silencieuse, très informée, tient un grand bouquet de pivoines et de roses, bleues, blanches, rouges, encore emballées dans leur papier, elles viennent d'être livrées par un admirateur, il les offre comme elle s'offre, il annonce son arrivée imminente.

Sous la jeune femme, un lit blanc avec des édredons épais, soyeux et immaculés. Elle est allongée sur le dos, les jambes croisées, elle s'est redressée et s'appuie sur le coude droit, ses seins généreux sont à demi à plat et à demi dressés, sa main gauche est posée sur sa cuisse droite, la paume bien à plat, cachant son entrejambe.

Ses cheveux roux sont tirés en arrière, avec une raie sur le côté. Son visage est carré, sa bouche courte, ses sourcils discrets, son nez long, ses yeux très vastes et très maquillés, son oreille dégagée et longue. Sous ses fesses et ses jambes, à même le matelas, est étendu un grand tissu brodé, et au bout du lit un petit chat maigre, aux yeux verts et aux longues moustaches, se tient fixement avec la queue relevée.

Comme elle s'est redressée, son visage se tient presque droit, elle est prête à se lever, si c'est nécessaire et s'il lui faut provoquer un événement précis. Ses yeux sont perdus au loin, elle est concentrée sur elle-même, elle se dresse sur un noyau de son être, elle fait retour sur son cœur. Elle est un bloc, elle est en elle, tout en elle, unique comme tout l'Univers, rien ne lui fait peur, rien ne dispute sa suprématie, rien n'échappe à son pouvoir.

Elle est nue, allongée, décalée dans l'angle gauche de la pièce, et pourtant elle reste centrale. Voilà : elle a désaxé le centre, elle a détourné les rayons du soleil, elle a courbé le cosmos, elle a créé le biais, et toutes et tous, toute chose, ici et ailleurs, désormais devront passer par elle.

Elle est inflexible, c'est le monde qui fléchit sous elle, et elle le sait. Venez à moi, petits humains, animaux, végétaux, minéraux, atomes et tous les objets stellaires, et toutes les forces visibles et invisibles, passées ou futures, vous êtes attirés, vous serez absorbés puis restitués transformés.

Elle sait qu'elle est le plus grand trou noir de ce vieil Univers et elle n'est pas pour autant troublée. Mais elle en garde une gravité, une douceur aussi, un immense plaisir dissimulé sous ses yeux sages et ses lèvres fermées. Elle est heureuse d'attendre, elle est propriétaire du Temps.

16

Madame Auguste Manet (1863), Boston, États-Unis

La mort n'a plus de prise sur elle, le temps s'est arrêté, le noir l'a emporté et la serre, comme le ferait un cerclage. Robe noire, châle noir, mantille noire, cercueil de pierre obscure dans son satin foncé, brillant comme l'onyx. Elle porte le deuil, calée dans son fauteuil, les mains posées à plat sur les genoux, le regard ferme, la bouche pincée, déterminée, pas du tout abattue.

Ses yeux sont plus bleus que le bleu, ils semblent devenus liquides, souverains comme une mer dansante dans un matin d'été, azur pur et confiance absolue dans ce que le futur lui a préparé. Menton solide, visage rectangulaire, long nez busqué, sourcils fins et hauts, vaste front, joues creusées et légèrement rosées. À son oreille, une petite boucle d'or incrustée d'un diamant.

Elle voit en elle-même de nouveau, elle ressent à la fois la petite fille et la vieille femme, l'adolescente, la jeune mère et la femme, elle est tous ces corps à la fois, elle les vit simultanément. Le deuil qu'elle porte, ces vêtements noirs comme la nuit, cette coiffe qui surplombe ses cheveux, tout cela n'est rien, l'homme de sa vie est parti, elle l'a aimé, elle l'aime encore, mais sa découverte présente est bien plus profonde : on est seul et unique, la vie est une expérience dont la totalité demeure impartageable, elle est elle et rien d'autre, et personne ne pourra s'en rendre compte, ni la croire lorsqu'elle le prétendra.

Chacun est unique et exclusif des autres, chaque corps est autonome et suffisant, éternel et seul depuis la nuit des temps et jusqu'à la fin des temps, si elle survient un jour. On est tout un monde à soi, c'est la seule chose dont on puisse être sûr, le plaisir d'exister, la fierté de vivre, de ressentir les pouvoirs de son esprit et le mouvement de son corps.

C'est pour cela que ses yeux sont bleus, couleur du ciel, couleur des flots. Elle a légué de tels yeux à ses fils, don de cette vie qui apparaît où elle veut et quand elle veut, hasard parmi les hasards. Des yeux bleus baignés d'eau dans laquelle elle nage chaque minute de chaque heure de chaque jour, sans jamais se lasser. Être soi, vraiment soi, le savoir et en jouir, quel bonheur, quel labeur, quelle tâche absorbante, une œuvre permanente. Je me vois, je ne vois rien d'autre, je vois tout à travers moi.

Elle est assise dans son fauteuil, rejetée en arrière, semblant assommée par son état soudain de veuve, alors qu'elle l'est par la découverte, toute nouvelle, de qui elle est. Seule et unique, reine d'elle-même, souveraine de l'Univers, détachée de tout, enlevée à ce monde, enlevée jusqu'au firmament, victime d'un ravissement dont elle est à la fois l'objet et l'auteur. Je me suis transportée dans mon propre ciel, je suis devenue le dieu du monde passé et futur, j'ai amené jusqu'ici mon propre paradis. Le reste n'a plus d'importance.

17

Jeune homme en costume de majo (1863), New York, États-Unis

Il se tient en élégant équilibre, appuyé sur son haut bâton d'un côté, les jambes croisées et la main sur la hanche de l'autre côté. Il attend. Plus exactement, il examine les choses, il se demande combien de temps ce vieux monde tiendra encore debout, jusqu'où ira tout cela.

Il est vêtu de son habit le plus distingué, le costume traditionnel espagnol d'un *majo*, d'un *manolo*, d'un aide qui rêve d'endosser un jour les vêtements du matador dans l'arène de taureaux. Les bottes ocre, le pantalon fuseau noir et la veste courte, une large bande de soie tout autour de la taille et jusqu'à la poitrine, un gilet noir, une chemise blanche au col fermé par une broche d'or, voilà tous ses vêtements.

Pendant sous son bras gauche : une large cape de laine brodée rouge avec des bandes jaunes et vert olive à pompons, épaisse et précieuse. Sur la tête : un grand boléro à pompons, à rehaut et large bord, qui lui cache le haut du front.

L'homme a une barbe sans moustache, de style néerlandais, et aussi ample que sa chevelure, très noire et peu coiffée. Ses sourcils sont fournis, ses yeux très sombres, il a le teint clair, à peine rosé sur les joues, avec au-dessus des lèvres l'ombre grise de sa moustache rasée. Ses oreilles sont cachées par des cheveux épais.

Son regard plonge légèrement vers le sol, mais un sol éloigné. Les pupilles, immenses, occupent tout l'espace des yeux, le nez est long mais avec une arête courte, comme s'il avait jadis été cassé, et sa pointe touche presque sa bouche aux lèvres longues, avec une commissure marquée. On devine qu'il n'est pas inquiet, qu'il est sûr de lui-même, et serein, et sans doute très heureux, son sourire est léger mais incontestable.

Le chapeau, profondément enfoncé sur la tête, laisse son œil gauche dans une ombre légère, et son visage en retire une force plus grande, les yeux sont dans une demi-clarté, et la barbe fournie assombrit également sa tête, tandis qu'entre le haut et le bas de son visage c'est la pleine lumière.

Il sait très bien qui il est, d'où il vient, et surtout où il va. Ses yeux regardent plus loin que tout, ils regardent sa vie intérieure, ils examinent le tréfonds de son être et jouissent de ce qu'ils peuvent y voir. Il s'aime, pleinement et avec raison. Il est libéré, il a gravi sa montagne, atteint sa terre promise, il a obtenu tout ce qu'il souhaitait, il sait qui il est, il est détaché de tout, sauf de ce qui importe vraiment : lui-même.

Il est son propre dieu, son attitude le confirme, ses vêtements et la manière dont il se tient au-devant des autres, en attente amusée, une jambe repliée devant l'autre, une main sur la hanche, l'autre main soutenant sa cape de laine et s'appuyant sur le bâton taillé, un fin bâton de noisetier si droit et si haut qu'il lui arrive à l'épaule.

Il a trouvé le parfait équilibre, incliné sur son axe comme s'il était le globe terrestre tournant sur lui-même et se déplaçant à une vitesse infinie dans l'espace, sans que personne s'en rende compte, accomplissant pourtant une grande révolution.

18

La Femme au perroquet (1866), New York, États-Unis

Elle est descendue sur Terre pour juger les mortels, ou du moins leur montrer où se trouve le vrai monde. Vêtue d'une robe d'intérieur en satin rose, peut-être une nuisette, sous laquelle elle porte un vêtement très léger en dentelle blanche qui apparaît dans le décolleté ainsi qu'aux poignets.

Autour de son cou, un ruban noir soutenant un bijou d'or avec une scène peinte. À son cou également, un lorgnon qu'elle retient de la main gauche, tandis que de l'autre main elle porte à son visage un minuscule bouquet de violettes. Devant elle, sur la droite, un perroquet gris, à l'œil blanc et au bec noir, est agrippé à un perchoir.

Elle a le visage long, de plus en plus long, et les cheveux roux, de plus en plus roux, presque cuivrés, comme ses sourcils qui semblent disparaître sur son teint clair. De petites lèvres, très fines, très courtes, soulignées d'un rouge sombre. De grands yeux clairs, gris-vert, et décalés comme si elle avait un strabisme, ce qui lui donne son charme divin, l'œil droit regarde légèrement vers le ciel et le gauche légèrement vers le sol, tous les deux restant en dehors des choses, comme extérieurs.

Son oreille est dégagée, les cheveux tirés en arrière autour d'une raie centrale très marquée, tenus sur le dessus du crâne par un fin ruban bleu à nœud. Ses yeux ont la couleur exacte des feuilles soyeuses entourant le bouquet de violettes, vert sombre, vert bouteille, vert olive.

Elle penche légèrement la tête, elle semble acquiescer à quelque chose, et c'est à elle-même qu'elle acquiesce, elle se conforme à sa propre vie : le perroquet, les violettes, le lorgnon, la soie de son vêtement, sa haute taille, petite tête pour un corps si long, elle paraît mesurer deux mètres, bras courts et vastes jambes.

Elle dit : Voilà, les choses sont ce qu'elles sont. Elle est la sagesse, la douceur, la confiance, la force cachée, la beauté et la supériorité inédites, sa rousseur est le nouvel étalon de la grâce féminine.

C'est elle qui attend les autres, qui les laisse la rejoindre là-haut, elle a ce pouvoir, elle a tous les pouvoirs parce qu'elle a triomphé d'elle-même, elle a découvert son trésor, trouvé qui elle était. Son sourire perce sous l'impassibilité, son regard lointain est malgré tout direct, son visage est bel et bien tourné dans votre direction, c'est de vous qu'il s'agit, allez-y à présent, imitez-la, rejoignez-la.

La force de l'existence, l'absolue irréductibilité de ce qui est, atomes ajoutés aux atomes, lumières et éléments physiques, hydrogène, hélium, carbone, fer, azote ou silicium, elle est l'un d'eux et eux tous à la fois, rien ne peut la supprimer, rien ne peut faire qu'elle n'ait pas existé ou qu'elle n'existe plus.

Elle sait qu'elle est et elle sait qu'elle restera à jamais, ce qui a été créé se transforme, sauf elle qui demeurera. Une fois créée, elle est perpétuée, elle reste, elle tient, tant qu'elle est là, et consciente qu'elle est là, tant qu'elle le sait, elle demeure. Regardez et apprenez. Elle a goûté, maintenant elle offre. Elle porte le bouquet une dernière fois à son nez avant de le donner, c'est son cadeau. La chose est si simple, à la portée de tous les corps qui le désirent vraiment.

19

Le Matador saluant (1866), New York, États-Unis

Il est venu saluer. Un homme sans âge, ni trop âgé ni trop jeune. Il porte son habit de toréador, gris bleuté, large ceinture de soie rose, cravate mauve sur une chemise blanche. Dans sa main droite, une épée enroulée dans une cape rouge immaculée, dont l'extrémité pend comme un drapeau de sang, le drapeau de la vie qui coule, arrive, repart, long cycle d'avant la naissance jusqu'à l'agonie, du ventre de la mère jusqu'à la mort brutale.

C'est un matador, il va défier le taureau, braver la mort au travers du terrible animal, seul face à ce colosse sans langage et sans âme, armé uniquement de la muleta qu'il agitera, et de la fine épée dont il achèvera le taureau lorsqu'il l'aura épuisé.

Il n'a pas peur de la mort, il est serein, reposé, comme soulagé que le moment soit enfin arrivé. Le pauvre taureau ne sait rien sur son être de taureau, alors que le matador, lui, sait très bien qui il est. Il reste en alerte permanente, en jouissance continuelle de lui-même.

Il brandit au-dessus de lui sa toque noir d'astrakan, on en voit le fond doublé de soie jaune, il fait peut-être un *brindis*, l'offrande de son combat à une personne du public. Il est légèrement penché en avant, salut imperceptible de la tête, le bas du corps droit, chaussures plates noires, bas de coton blancs, sa culotte de lumière lacée au-dessus des genoux.

Son sourire est doux et comme invisible, sa chevelure noire est abondante et il arbore de larges favoris sur les joues. Il a un front court, un menton marqué par une petite fente, un beau nez bien équilibré, de longs sourcils élégants et de petits yeux tournés vers le ciel.

Il regarde en direction des gradins de l'arène, puisqu'il est en train de saluer, mais en vérité il observe autre chose. Il se voit lui-même, il se reconnaît, se redécouvre, s'accepte, il est heureux de lui, et fier, il a la plus grande tendresse pour son être, ce regard d'une grande douceur est celui de la sérénité, de la félicité même. Il se salue et il se congratule.

Ses yeux sont encore perdus en lui, ou plus précisément non pas perdus mais retrouvés, il s'est rencontré de nouveau, il est qui il devait être depuis toujours. Et il remercie le taureau, tous les animaux et tous ses collègues humains qui lui ont montré la voie et prouvé qu'il était vivant.

20

L'Acteur tragique (1866), Washington, États-Unis

Il est enfin libre, il a droit à sa pleine folie, être tous les autres pour devenir lui-même, un seul dieu à l'intérieur de tous les corps passés, présents, futurs. Personne ne peut lui enlever cette faveur, personne ne peut la lui contester, et il est envié pour cela, être les autres à la place des autres, entrer dans un corps et en ressortir aussitôt.

Être tous les êtres à la fois ou successivement, c'est pouvoir rester en un, et un avec l'un, aussi longtemps qu'il veut et éternellement s'il le souhaite, puisqu'il sera simultanément chaque autre, entièrement, et tout aussi longtemps. Il est vivant, il le sait, il se le prouve et le ressent constamment.

Il se tient debout, légèrement en arrière, appuyé sur sa jambe droite, les bras croisés devant la taille, vêtu du costume d'époque de son personnage shakespearien, étoffes noires, velours, soies, jabot blanc, collants noirs, escarpins. À ses pieds, sur le sol, sa fine épée, comme s'il s'était désarmé, alors qu'il n'y a pas plus dangereux que lui avec son corps, avec sa voix, avec ses mots, son regard, les mouvements infiniment rapides de son visage, complexes et perpétuellement changeants.

Il est le maître des illusions, le grand hypnotiseur, le prestidigitateur, il sait manipuler les spectateurs à son seul profit, à son seul plaisir, il est acteur et donc malfaiteur, ivre de foules conquises, dictateur sans grandes conséquences, il distrait, il promène, il déplace les esprits, les fait léviter et dériver très loin.

Au bout de ses bras, entrecroisés à hauteur de la taille, ses mains passent l'une sur l'autre, sa gauche ornée d'une bague à rubis tient son chapeau à plume noire, tandis que sa droite pend, l'index désignant le sol, comme s'il voulait insister auprès de toutes et tous, et leur signifier que rien n'est plus important que ce corps et l'attraction terrestre qui le fait être soi, le sol attire toute chose à lui et y résister est un devoir sacré qui apprend à s'élever.

Sa chevelure épaisse et noire est dressée en grosses vagues sur le dessus de son crâne et laisse son front dégagé, sa barbe fournie est taillée en bouc, avec une moustache dont les extrémités sont retroussées vers le haut. Ses yeux marron clair regardent sur le côté, il est plus qu'habité, il est comme hanté, mais hanté sans terreur, hanté de vérité, occupé, oui, occupé entièrement par lui-même.

Son visage est creusé, ses pommettes saillantes, rosies par la chaleur de la scène ou des loges, de larges sourcils en forme de pointes, des yeux exorbités, et, au creux de l'un d'eux, près du nez, une touche de rouge. Ses pupilles sont dilatées, son regard brille, quelques larmes vont perler, la colère pourrait le dévorer, la folie, la haine, la peur de la mort, le meurtre ou le suicide, n'importe quelle horreur que pourtant il évite, qu'il frôle invariablement et quotidiennement. La folie est son métier, la tragédie sa routine.

Ses lèvres épaisses cachées par les moustaches sont violemment rouges, comme si du sang les tachait encore. Au-dessus de son grand nez busqué, une ride se creuse entre les sourcils qu'il a trop souvent froncés. Ses oreilles sont collées à son crâne, dissimulées et comme absentes, il n'est pas là pour écouter, il est là pour crier. Le teint de son front est pâle et presque gris, comme le dessus de ses mains, abîmées et traversées de veines bleutées.

Il a un corps usé et il en est ravi, il s'est vieilli, il a attendu longtemps cet instant, pouvoir vivre la tragédie, c'est-à-dire la jouer, l'imiter puis la ressentir. Être un autre, c'est toujours être soi-même, c'est être tous les autres à la fois, c'est résoudre le monde en une seule équation et en une seule seconde.

21

Le Joueur de fifre (1866), Paris, France

Il entraîne les soldats avec lui, il joue la musique militaire qui les poussera, ivres de mélodie, à se jeter sur l'ennemi. Il est le joueur de fifre, accompagnant le joueur de tambour, le voltigeur de la Garde impériale. Mais ce n'est qu'un enfant de troupe, il est âgé d'une dizaine d'années et déjà militaire. Il est fier, il porte un calot noir à bandes jaunes et dessus rouge, une veste noire à boutons dorés, un baudrier blanc, un pantalon rouge à bandes noires et des guêtres blanches.

Il est immobile, légèrement déhanché, il tient sa flûte traversière horizontalement, à hauteur de son épaule droite, et souffle dedans pendant que ses doigts se déplacent sur les trous. Il n'est pas grand mais il est dressé bien droit, l'uniforme lui donne une vraie force et le met en confiance.

Il est tout seul devant un mur vide, il donne son petit concert personnel, il joue la musique de la guerre, la musique de la mort aveugle en marche. Il ne prête aucune attention aux réactions alentour, il obéit aux ordres, et aussi à son souhait, être au cœur de la vie suspendue, aux frontières de la mort infligée, il semble hypnotisé par l'armée, comme un petit automate. Mais il sait ce qu'il fait et il sait qui il est.

Visage rond, front bas, cheveux sombres, de grandes oreilles décollées, des joues roses et presque rouges, de gros yeux sombres au vert profond, une bouche pincée qui souffle dans la flûte, il est présent ici mais n'est là pour personne, il est comme absent, il compose sa propre mélodie, il joue sa propre musique.

On dirait qu'il danse, ou qu'il veut faire danser le monde tout autour de lui, les jambes inclinées vers la droite, le buste vers la gauche, le calot sur la tête penchant à l'inverse et la tête bien droite, avec la flûte presque horizontale mais pas tout à fait, en légère pente.

Il joue comme on sifflote, il se moque de toute la comédie, de la guerre, des combats, de la mort, c'est un enfant et il mène les troupes au combat, il envoie les plus vieux périr et lui laisser la place, voilà ce qui explique son grand sérieux et l'intensité de ses yeux. Je vous vois me donner des ordres, dit-il en pensée à ses supérieurs, ses parents, ses maîtres d'école, ses prêtres, ses tuteurs ou ses adjudants, jc vous obéis et je ris. Je suis le roi, je suis le seul dieu, le seul survivant dans ce monde de fous, Dieu merci j'ai compris, j'ai vu de quoi il s'agissait.

Il pose, il se laisse regarder, il donne la cadence avec ses notes aiguës, il fait siffler son instrument, c'est lui qui impose le rythme et qui découpe le Temps. C'est lui qui commande, il crée et il détruit ce monde, son monde, cette réalité qui lui appartient. Il est si jeune et déjà si puissant.

22

La Joueuse de guitare (1866), Farmington, États-Unis

Elle joue pour son perroquet. Elle s'est assise sur sa chaise de bambou, elle a saisi sa guitare, elle a créé quelques notes et aussitôt l'oiseau vert s'est animé. Lui tournant le dos, tout comme la guitariste tourne le dos à ses spectateurs, il déploie ses ailes comme des branches pleines de feuilles, il élève son bec jaune, il écoute et exulte, une âme semble l'habiter.

Elle porte une robe simple, une sorte de kimono blanc, sans aucun motif et fermé par une large ceinture noire tenue dans le dos par un nœud, et elle étend son bras autant qu'elle le peut vers la gauche, jusqu'au milieu du manche de son instrument. Un triple ruban bleu retient sa chevelure rousse coiffée en un épais chignon, tandis qu'une lanière rouge relie les clés de la guitare à la caisse, descendant et remontant sur sa robe et ses genoux comme un serpent docile.

Sa tête semble si vaste, comme allongée et alourdie de son chignon roux, une boîte crânienne qui s'est agrandie pour accueillir toutes les nouvelles émotions, toutes les nouvelles forces qui lui donnent la preuve, enfin, de son existence. Son oreille elle-même, longue et grande ouverte, s'est étirée jusque dans le cou. Son front est occupé par les cheveux sauvages, et comme frisés, qui descendent du haut de la tête.

Son teint est pâle et presque blanc, mais ses joues rougissent, comme si une soudaine chaleur la gagnait, la fièvre de la musique, l'émotion de l'amour profond. Elle a un grand nez à l'extrémité retroussée et des lèvres très roses, douces comme un pétale de fleur que même le vent n'oserait pas toucher.

On distingue à peine la couleur de ses yeux enfoncés, vert bouteille peut-être, ils semblent fatigués, ils sont creux, très cernés. Qui sait d'où son corps arrive, ce qu'elle a fait de sa journée jusqu'ici, quel bonheur a pu l'habiter et l'habitera encore. Elle songe, elle rêve, elle dort éveillée, elle s'échappe de la prison terrestre.

Elle regarde dans la direction du manche de sa guitare, vers le perroquet vert qui s'agite et s'étire d'aise sous l'effet des notes de musique. On croit qu'elle joue pour lui, qu'elle dialogue avec lui. Mais c'est une illusion, elle ne regarde rien de précis dans ce monde-ci, elle regarde ailleurs, elle pense, elle se pense, elle se scrute, elle s'admire.

Le triple ruban les retenant découpe dans ses cheveux des bandelettes de ciel bleu. Sa tête est zébrée d'azur, c'est une sensation si exquise, si folle, dont on ne peut jamais revenir, dont on ne veut pas se passer. Son corps lui appartient et il est pure musique. Elle se prouve qu'elle existe. Elle est qui elle sera.

23

Les Bulles de savon (1867), Lisbonne, Portugal

Il tient la Terre au bout de sa paille, c'est lui qui donne naissance au globe, démiurge soufflant son être dans la matière inerte.

Cela l'amuse. Il a pris naturellement une posture symbolique, la tête tournée vers le haut sur sa droite, sa main tenant devant la poitrine le bol de porcelaine contenant le savon liquide. Il lève son bras et oriente la longue paille vers le ciel, il veut lancer sa bulle bleue le plus haut possible. Il serre à peine la tige entre ses doigts, tout comme ses lèvres la pincent très légèrement, juste assez pour lui insuffler un peu d'air et faire gonfler une sphère de savon, puis il crée une, deux, dix, cent planètes bleues disséminées dans tout l'Univers.

Il est vêtu très simplement, avec un gilet écru sans col, passé par-dessus une chemise grise. Ses cheveux sont blonds, coupés court, son front est bas, ses joues roses un peu creuses. Un nez long et fin, une bouche étriquée, de larges sourcils et les yeux vert sombre, avec le regard assuré de celui qui n'a rien à craindre du monde l'entourant.

Il a quinze ans mais ses yeux en paraissent quatre-vingts, il a vu ce qu'il avait à voir, son esprit, à présent, possède assez en lui pour ne plus avoir besoin de regarder dehors. Il a pris dans la Création tout ce qu'il y avait à prendre, maintenant il médite les choses dont il a connaissance, il vit, il existe, il se voit pensant, il est absent à lui-même, c'est-à-dire très présent.

C'est comme s'il était soudain persuadé qu'il n'avait jamais eu de père, alors que pourtant il se sait sous le regard permanent de son père, sous le regard permanent de lui-même descendant de son père, et donc pour partie son père lui-même. Il est son propre fils, il est à la fois le père et le fils, il se découvre comme arrivé de nulle part, engendré de lui-même, né de sa propre méditation.

Il sourit intérieurement et longuement, il s'amuse à jouer au dieu, ce qui est un luxe pour un dieu, il est heureux, il se tient en équilibre sur un moment précis du Temps et un endroit précis de l'Univers, un point où il se connaît totalement, un point éternel. Il n'est que lui-même, rien d'autre ni personne d'autre, aucun regret ni aucun espoir, seulement l'exacte place de son être entier et actif, seulement son existence en connaissance de cause.

Le visage levé vers le ciel, la paille fine à la base de la bulle désignant une improbable cause, il singe les pauvres mortels, si mortels, il se moque un peu d'eux, il prend la pose de celui qui scrute les étoiles pour retrouver sa route. Il joue, il emprunte aux humains la meilleure part de leur corps, le rire, la conscience d'un pire et donc d'un meilleur dont il saura jouir. Il s'accomplit.

24

Madame Manet au piano (1867), Paris, France

Elle a des allures d'automate, la tête penchée vers la gauche, le buste droit, les mains posées sur le clavier du piano, le visage face au pupitre. Elle joue presque mécaniquement, comme si elle était possédée, elle se laisse absorber par la musique elle-même et par l'énergie du lieu et des corps qui l'entourent, son mari et son fils, la pièce où elle se trouve, le salon, la maison silencieuse et rangée.

Elle affiche son profil singulier, visage plein, menton et cou épais, nez rond, petite bouche, le teint très rose sur une peau pâle, les sourcils fins, une minuscule oreille, les cheveux tirés sur l'arrière par un chignon discret, les yeux très lumineux descendus profondément en elle-même, de l'autre côté de la ligne d'horizon, et libres, mobiles, changeants. À son cou, un ruban noir soutenant un diamant. Elle porte une robe sombre dont les manches découvertes laissent apparaître un voilage léger, c'est sa robe d'intérieur.

Elle joue la musique de mémoire, sans besoin de la lire, comme si elle avait fermé les yeux, et elle l'a fait en un sens, elle a suspendu le monde alentour, pour, l'espace d'un moment, ne plus se consacrer qu'à elle-même. Elle est là et elle n'est pas là, elle n'est déjà plus ici, elle s'est enfuie, elle a laissé son corps glorieux et éternel témoigner pour elle.

Se glisser en soi et en dehors de soi, s'arrêter afin de se creuser, voilà exactement ce qui l'a occupée durant les dix dernières minutes, qui sont dix années ou dix siècles. Ces minutes ou ces siècles sont tout dans l'étendue du Temps, et tout n'est rien, rien n'est le tout, si ce n'est elle-même se pensant en perspective, s'ouvrant au libre jeu du Temps.

Elle est seule en tête à tête avec la partition et le piano demi-queue, assise à bonne distance du clavier, les mains avancées jusqu'aux touches. Elle se tient face à la musique, elle parle librement avec elle, discute d'égale à égale, elle est la musique elle-même, elle lui prête son corps, on jurerait qu'elle utilise ses dix doigts pour créer autre chose, que chaque extrémité frappe un endroit précis d'un objet en actionnant les pièces mobiles, et crée ainsi, note à note, quelque chose de plus grand.

Elle vit sous la dictée musicale, elle restitue ce qu'elle ressent, donc ce qu'elle voit, elle se sait vivante, se pense dans la durée et se ressent simultanément âgée et jeune, elle restitue la preuve de son existence, qui ne sera déchiffrable par aucune autre personne, mais qui pourra à son tour entraîner la perception de sa propre existence à celui qui saura qu'il traverse le Temps. Elle est loin d'ici et au plus près d'elle-même, elle continue de pencher la tête en regardant la partition de musique, elle se laisse bercer entre le sommeil et l'éveil, elle flotte, elle dérive.

La fixité de son regard est celle des grands mystiques, des saints, des divinités, des prophètes qui ont jadis écrit la Bible, qui comme on le sait s'est écrite seule avant le commencement des temps, engendrant ainsi le début du cours de toute chose. Elle est à l'origine, elle est sa propre origine, ses yeux clairs sont doux et rieurs, elle est joyeuse, assurée d'être elle-même.

25

Déjeuner dans l'atelier (1868), Munich, Allemagne

Bientôt il va partir, il s'est vêtu le plus confortablement et le plus élégamment possible, comme un adulte, comme un homme dans la force de l'âge ou au seuil de la vieillesse. Il n'a que seize ans mais sa vie future est déjà tout autour de lui, devant et derrière lui.

Il est prêt, canotier sur la tête, chemise blanche à rayures bleues et cravate jaune et noire, grand veston de velours, pantalon de toile beige. Il attend debout, assis sur le rebord de la table du salon sur laquelle tout le déjeuner est encore là, les huîtres, les citrons, les verres à pied remplis d'eau-de-vie, les tasses de café.

Une main dans la poche du pantalon, l'autre main sur la table, bien droit, les jambes croisées l'une devant l'autre, on dirait qu'il est de mauvaise humeur, agacé que le déjeuner dure si longtemps et que la promenade familiale au bord de la mer soit sans cesse retardée.

Visage poupon, large nez écrasé, grandes oreilles décollées au bord de la chevelure blonde, le teint très blanc, le menton saillant, et de tout petits yeux bleus très clairs, sous des paupières à demi closes, il est son propre roi, il a son propre monde.

Il a entrevu la vérité pour la première fois, quelque chose existe de plus fort que toute réalité, et ce quelque chose c'est lui-même. Voilà une énorme surprise. Il ne pouvait pas imaginer qu'il existait à ce point, que le reste de l'existant n'était que sa raison d'être à lui, que le reste ne savait pas qu'il était, et d'ailleurs que ce reste n'était pas vraiment, comparé à lui.

Il est à présent parfaitement et absolument heureux, il est totalement et très exactement lui-même, il se sent vertical comme un fil à plomb, il se sent chutant vers un seul point, il se sent ce point, l'intersection de deux droites, de plusieurs droites même, qui inexplicablement se croisent toutes sur cet unique point.

Il est immobile et pourtant il marche, il a le visage fermé et pourtant il rit aux éclats, il est silencieux et pourtant il parle d'une voix forte. À la fois maintenant, jadis, et demain. Les choses sont permanentes en lui lorsqu'il y réfléchit, lorsqu'il se voit existant. C'était donc ça, être adulte, être libre et vrai, posséder l'univers, le retenir au creux de sa paume. C'était si facile, il n'en revient pas, il n'aurait jamais pu deviner quel trésor se cachait en lui.

Le reste n'a plus aucune importance maintenant, son père, sa mère, ses enfants, les enfants de ses enfants, tout est emporté et brassé par les vagues de son expérience nouvelle. Savoir qu'il existe suffit à son bonheur, tout autant que ce bonheur lui a apporté enfin la certitude d'être. La vie du monde alentour peut continuer sa course, seule la sienne est réelle, seule la sienne compte, et pour lui c'est une joie qui n'a pas de prix.

26

Jeune garçon pelant une poire (1868), Stockholm, Suède

Il est là, à peler le globe, la planète Terre fermement tenue dans une main, il passe lentement le couteau à sa surface et en retire toute l'écorce, la pellicule, il la met à nu, il rend la Terre à sa destination première. Le geste est effectué avec détachement, sans avoir besoin de regarder ce qu'il fait, accordant à ses doigts une confiance maximale.

Ses yeux portent vers l'horizon, la tête penchée sur le côté, le regard comme perdu, oblique, petits yeux en amande, bleu-gris, cheveux châtain clair coupés mais descendant sur le front et formant une raie à l'exact milieu du crâne, grande oreille dégagée, long nez arqué, petite bouche et moustache de duvet au-dessus des lèvres et sur le menton.

Il est assis à la table de cuisine, vêtu d'un gilet sans manches, d'une chemise grise non boutonnée et d'une épaisse cravate noire. Il penche tout le corps sur la droite, appuyé sur le coude qui tient le couteau. Il pèle son fruit sans y penser. C'est une poire verte, une seconde poire est posée sur un plateau devant lui. Le jeune homme a seize ans, il est nonchalant et confiant, le regard à la fois grave et doux, la tête vraiment de guingois, comme s'il allait s'assoupir, s'endormir, comme si ses pensées pouvaient à elles seules le bercer.

Il paraît suspendu en plein mouvement, arrêté par un obstacle, peut-être une pensée qui soudain le tient en équilibre et le laisse songeur. Quelque chose vient de se passer en lui. Un événement de toute première importance s'est produit, il est devenu autre, il est enfin lui, donc unique. Plus rien d'avant ne compte, le Temps a été révoqué, le monde est reparti de zéro, il n'y a plus de présent, plus de passé, mais seulement un futur permanent et totalement transparent.

Le jeune homme a pris une décision, il a fait un geste unique et encore inédit, il le continue et il se tient ainsi en dehors de tout ce qui a été avant lui et tout autour de lui. C'est pour cette raison que son bras droit semble si gros, si gonflé sous le tissu de sa chemise. Il tient le monde et le soutient, il a fait l'effort, il a réalisé l'exploit.

Le jeune homme s'est enfin vu et compris, totalement et définitivement, il a commencé à vivre. Il a inspiré pour la première fois l'air de la vérité, et le mouvement réflexe de son corps qui s'est ensuivi empêche à jamais un retour en arrière. Il respirera ainsi et vivra jusqu'à la fin des temps et au-delà encore, il est là pour beaucoup plus que longtemps, il est là pour l'éternité.

27

Portrait de Mademoiselle Clauss (1868), Oxford, Royaume-Uni

Elle est entourée de soie, comme un papillon dans sa chrysalide, assise au balcon, sur le bord d'une chaise, devant les volets vert sapin. Son grand kimono blanc, brillant, bouffant, satiné, descend jusqu'à ses chevilles revêtues de socquettes japonaises. Autour de sa taille, elle porte une large ceinture de tissu d'un violet doux tirant sur le bistre.

Son vêtement blanc brille comme un miroir, renvoyant mille gris et mille bleus. Elle se tient droite, étrangement droite, comme si une maladie imposait à son dos une rigidité de chêne. Elle regarde dans la rue en bas, elle attend, elle ne regarde nulle part en vérité, et elle n'attend rien qu'elle ne connaisse déjà.

Elle est à son balcon, et habillée de la manière la plus excentrique et luxueuse qui soit, vêtue en Japonaise. Autour de son cou court un petit lacet gris. Sur sa tête, par-dessus les cheveux noirs tirés en arrière, un bouquet plat et circulaire composé de dizaines de fleurs, attaché juste au-dessus du front, et large comme la moitié du visage.

Sa bouche menue, pincée, rose, son long nez conique, ses sourcils châtains marqués, ses yeux maquillés et allongés par des pointes de mascara, ses grands et larges yeux écarquillés, tout prouve son extrême attention et, d'une certaine façon, son recueillement.

Elle baisse les yeux, elle regarde vers le bas, elle examine une chose lointaine avec le regard vide de qui a perdu momentanément la vue. Elle est happée, emportée par sa propre pensée, elle est soustraite à elle-même par elle-même, c'est-à-dire qu'elle s'est enfin trouvée, elle a découvert sa propre existence dans le Temps.

Étrangement, le bouquet de fleurs posé au-dessus de son front semble lui sortir de la tête, comme si son cerveau éblouissant jaillissait soudainement de sa boîte crânienne. Elle en écarquille les yeux d'étonnement, elle en rougit même, ses joues rosissent. Oui, c'est cela, elle a vu juste : le soleil levant devient pour elle permanent, il devient personnel, elle ne bouge plus, c'est le reste du monde qui bouge pour elle et circule autour d'elle.

Puisqu'elle a trouvé la parfaite position pour être et pour éprouver constamment cette sensation d'être, elle choisit de demeurer immobile, droite et fixe, merveilleusement suspendue dans cette posture éternelle. Elle refonde le Temps.

28

Portrait de Théodore Duret (1868), Paris, France

Des yeux couleur d'eau-de-vie, un regard transparent, ambré, qui traverse tout ce qui l'approche, voilà ce qu'il montre de lui. Pour le reste, en bon tacticien il cache ses émotions. Il est doublement ancré dans le sol, d'abord par sa grande taille, ensuite par cette canne qu'il tient comme un pistolet, l'index allongé et le poing fermé, la plantant de biais dans le sol, comme un hauban ou un contrefort sur lequel s'appuyer.

Ses vêtements sont de la plus grande distinction et en même temps très simples, une ample veste anthracite, assortie à son pantalon, avec au-dessus un gilet, des chaussures noires vernies, des gants de nubuck ocre, une chemise blanche fermée par un nœud papillon très court, un mouchoir blanc sortant négligemment de la poche sur sa poitrine. Il n'a fermé que le bouton le plus élevé de sa veste et il passe le pouce de sa main gantée dans la petite poche de son gilet, retroussant le bas de la veste, tenant en même temps dans sa paume un autre gant, peut-être vient-il de serrer une main.

Il porte un chapeau melon sombre, à fin bord recourbé vers le haut, bien enfoncé sur sa tête et dissimulant son front. Au-dessus de ses grands yeux apaisés, de larges sourcils noirs, une grande oreille très dégagée sous ses tempes, une barbe noire taillée large et pourtant clairsemée et laissant apparaître sa peau glabre, une petite moustache, de larges lèvres, un nez fin, un visage long et un peu osseux.

À ses pieds, un petit tabouret de bois, à pieds tournés, recouvert d'un coussin de velours grenat, avec posé dessus un plateau noir. Sur le plateau, une carafe d'eau, une cuillère et un couteau en argent, ainsi qu'un citron posé sur un verre. Au pied du tabouret, à même le sol, un livre à couverture vert pâle duquel des marque-pages s'échappent.

Il se tient très droit et il pose. Il toise, il joue, il prend acte. Il revient de très loin, dans tous les sens du terme, les voyages en Orient, la découverte, l'effroi, l'étonnement, l'apaisement, l'alcool, l'inquiétude et la solitude, la sérénité.

Peu lui importe la vie, peu lui importe ce monde, il a trouvé la clé, sa clé, son secret intime, il est allé partout dans le monde, il est resté là-bas, il se tient dorénavant partout à la fois, ici et ailleurs, son corps n'a plus de dimension, son corps n'a plus de limite, il est et se voit tel qu'il est.

29

Berthe Morisot au manchon (1869), Cleveland, États-Unis

Elle se dresse au sommet de la plus haute montagne, elle est elle-même la montagne, un triangle isocèle de miraculeuse fourrure. Tous les animaux de l'hiver se sont sacrifiés pour elle et l'entourent, dans un manteau, mais aussi dans un manchon au milieu duquel elle a glissé ses mains. L'hiver est là, elle a froid, elle a un peu peur, elle n'est pas encore habituée à son nouveau monde, pas encore tout à fait chez elle au sommet de l'Olympe. On ne naît pas déesse, on le devient soudain, un jour, un matin, une nuit, un soir, un après-midi, sans raison précise, si ce n'est la chance et l'ardeur continue.

C'est l'hiver, une saison qu'habituellement on oublie, une saison sans événements et durant laquelle on sommeille, et pourtant c'est à cette époque-là qu'elle naît enfin vraiment. Elle est tournée de profil, la tête légèrement vers la gauche, un foulard de soie beige autour du cou, un haut chapeau noir enfoncé sur la tête et que couronnent des dentelles d'un gris bleuté.

Ses cheveux jaillissent en désordre du chapeau, une longue queue de cheval sur la nuque, des mèches trop longues sur le front, qui descendent et remontent ensuite, comme de larges virgules, des vagues uniques et immobiles. Son oreille est dégagée au milieu des cheveux, et très grande, très ample, haute et large comme une joue. C'est une femme qui sait écouter.

Elle a de grands yeux marron clair, à demi cachés par les mèches, un long nez fin avec une extrémité plus pointue qu'un couteau, une petite bouche rose en forme de « o » parce qu'elle s'apprête à parler, un teint pâle avec de profonds cernes sous les yeux, ainsi qu'un cou fin et court qui disparaît immédiatement dans la fourrure de son manteau précieux. Et ces mèches volantes qui descendent du front et traversent en diagonale son visage, au-dessus des yeux, sur les tempes, par-dessus les oreilles. Le mouvement l'habite entièrement.

Son regard est fixe et comme sidéré, les yeux grands ouverts, tout ébaubis, ne croyant pas ce qu'ils voient. Et ce qu'elle voit, c'est l'intérieur d'elle-même, c'est son être enfin rencontré, sa forme dans le Temps, non pas ce qu'on retiendra d'elle, ce que les autres savent ou croient savoir d'elle, mais ce qu'elle est vraiment.

Elle apprend soudainement qu'elle est la seule à pouvoir être certaine de son existence, à la connaître et à en avoir la preuve. C'est pourquoi elle en est toute transformée, métamorphosée et transfigurée. Elle rayonne à l'intérieur de son obscurité, elle colonise la pénombre, fine comme le fil d'une lame aiguisée, nette et tranchante. Il suffit d'apercevoir son propre futur pour le posséder à jamais. Peu importe ce qu'elle vivra, ce qu'elle voudra, ce qu'elle réussira ou échouera, elle est là.

30

La Leçon de musique (1870), Boston, États-Unis

Il joue sa ritournelle, il est lancé, les notes s'accrochent les unes aux autres et se suivent sans rupture. L'homme tient sa guitare bien calée sur son genou gauche, elle repose confortablement entre ses jambes. À côté de lui, la femme suit des yeux sur la partition la progression de la musique. Le moment est une perfection, rien ne peut l'interrompre.

Qui est le professeur et qui est l'élève, peu importe. La femme demande peut-être à son élève de jouer la partition, l'homme au contraire montre peut-être à la femme comment l'écrit qu'elle lit peut produire à l'oreille, une fois joué sur le bon instrument, la plus prodigieuse mélodie. La femme sourit, l'homme semble plus sérieux, plus concentré, besogneux, mais son regard est cependant lumineux.

La femme est immobile, elle ne regarde pas l'homme, elle regarde face à elle, elle a la peau blanche, le teint un peu rose, par l'effet d'une grande émotion ou de la chaleur du confortable salon où ils sont assis. Dans ses cheveux, d'un roux étincelant, une fleur de couleur corail, peut-être de frangipanier.

Elle est vêtue d'une robe de satin noir avec un décolleté arrondi qui est bordé, ainsi qu'aux manches, d'un galon blanc. Retenant ses cheveux en bandeau, une longue coiffe voilée noire qui descend sur son dos. Ses yeux sont aussi roux que ses cheveux et elle sourit imperceptiblement, sur ses genoux est ouvert le livre de partitions. Sous ses pieds, devant le canapé de velours vert aux accents turquoise, un tapis moyen-oriental à dominante orange, chamarré de bleu azur, de blanc et d'ocre.

Le regard du guitariste brille. Il porte une veste bleu marine et un pantalon vert clair, avec une chemise blanche et un bandeau bordeaux noué en guise de cravate. Il gratte d'une main sa guitare sans sembler y prêter attention. Son autre main pince les cordes pour composer les accords tout aussi spontanément, il a un corps autonome et très musicien. Son oreille est dégagée, les cheveux longs coiffés en arrière la contournent, ils sont châtains et se mêlent à sa barbe fournie.

Ce musicien a le teint vif, et même le rose aux joues. Il a sans doute chaud, sa peau blanche rosit, ses yeux brillent tellement, les iris roux, marron avec une note verte, il est comme hypnotisé par la musique qu'il produit devant sa voisine. Il voit. Il se rappelle qui il est. Il se retrouve. Il a accroché quelque chose, il a ferré un immense poisson, il est enfin tombé sur son être profond, il est enfin lui-même, il existe.

Alors, ses yeux deviennent de plus en plus larges, ils s'agrandissent comme une planète se rapprochant au rythme des secondes, ses yeux sont le centre du monde et sont en route pour avaler ce monde, il est hypnotisé, ravi à la réalité, ravi par lui-même, extatique. Il regarde au loin, le plus loin qu'il peut, et cet horizon est encore lui, il est partout, il est le centre qui rayonne.

Ses yeux sont reliés et comme scellés à distance sur ce point distant, qu'il sait pouvoir rejoindre instantanément, il est là-bas et ici à la fois, il se tient sur le point exact des choses, il se tient en lui-même, en équilibre parfait, en plein centre, sur le cœur et devenant le cœur tout entier.

Il joue, il dicte la musique, il la recrée à volonté, elle est son divertissement, son caprice, sa folie raisonnée. Il est la musique et sa voisine est tout entière avec lui en dépit de la distance des êtres, ils font corps ensemble l'espace de quelques secondes, quelques jours, quelques années, quelques siècles. Du fait de la musique, ensemble ils sont l'exception qui confirme la règle.

31

Le Repos (1871),
Rhode Island, États-Unis

Elle n'est pas certaine que les mortels puissent devenir immortels un jour, elle vient souvent les visiter, en vérité elle vit au milieu d'eux, en un sens ils la divertissent. Ils ne savent pas qui elle est, ou bien peut-être une poignée d'entre eux, qui seraient eux-mêmes des demi-dieux, des héros à peu près immortels, avec le don de vision, l'exceptionnelle capacité de prescience, l'exceptionnelle capacité de voir à travers les corps, de distinguer celles et ceux qui sont réellement et éternellement vivants.

Elle s'est assise, étendue de biais, sur le grand canapé de satin rouge foncé, se retenant sur le coude gauche, les jambes allongées sous sa longue robe de taffetas blanc, éblouissante et si légère, si fine en haut qu'on peut distinguer le petit gilet qui dissimule sa poitrine. Dans sa main droite, dont le poignet repose sur l'accoudoir, elle tient son éventail replié.

Une ceinture noire serre sa taille et s'accorde au collier de tissu qui clôt le haut de sa robe. Autour de son visage, deux grandes boucles de cheveux torsadés descendent comme des nattes. Dans son dos, juste au-dessous de ses grands cheveux bouclés et domptés dans un chignon, une peinture mythologique donne à voir des monstres marins sortant des eaux, grandes queues de baleines et tentacules de poulpes géants, entourés probablement de quelques valeureux marins et de dieux nautiques qui leur envoient des dauphins pour les protéger.

Son oreille est immense, et dégagée parmi sa chevelure. Elle entend tout, elle sait tout, elle voit tout, en elle et autour d'elle. Ses deux yeux, sombres et pleins, sont très différents : l'un grand ouvert semble occupé à surveiller le ciel, l'autre plus retenu est fixé face à elle. Elle a le regard non pas absent mais occupé, absorbé, elle est ailleurs, elle se tient en elle-même.

La tête légèrement inclinée vers l'avant, mâchoires serrées et menton rectangulaire, joues un peu creusées, elle ne se repose pas, elle repose, elle est déjà morte et déjà immortelle, à jamais vivante. Elle s'enivre du sommeil éveillé, dormant les yeux ouverts, se reposant librement, étendue comme écroulée, comme épuisée, semblant au bord de l'évanouissement alors qu'elle est au bord de l'extase. Venez me chercher si vous pouvez, venez jusqu'ici, ce lieu où je me trouve, ce lieu si vaste, si beau et si lointain, en moi, sur moi, chez moi.

Elle se tient en équilibre parfait, elle repose tout entière sur un point, un croisement sans surface. Elle perçoit la totalité de son existence depuis son futur jusqu'à son origine, et inversement, sans fin puisqu'elle sera sans fin, immortelle est le mot, même s'il n'explique rien, elle durera toujours, elle sera éternellement elle-même.

Elle se sait gravée dans la pierre et le Temps, indestructible, impossible à réduire. Elle est devenue l'axe de tout, le centre des univers connus et inconnus, des univers passés, présents, futurs. Elle repose en paix.

32

La Dame aux éventails (1873), Paris, France

Hilare, elle se laisse couler dans ce cher vieux monde, dans ce lit et ces oreillers bleu-gris. Elle s'appuie sur le coude, la paume retenant sa tête trop lourde. Au mur, derrière elle, tout autour du sofa, une demi-douzaine d'éventails orientaux sont accrochés sur un papier peint figurant un héron au milieu de roseaux. Les éventails aèrent le mur, ils secouent l'air malgré leur immobilité, ils montrent que tout danse en secret, que l'Univers est dorénavant emporté dans une rapide et large ronde.

Elle sourit, la bouche rouge zigzagante, elle est ivre d'elle-même, ivre de toute l'histoire et de tout l'espace qu'elle sent se déployer autour d'elle à présent. Le mur est ocre au-dessus du canapé, puis bleu roi à sa hauteur, et l'oreiller sur lequel sa tête reposera bientôt pour son plus grand bonheur est du même bleu divin. Sa robe et ses cheveux sont d'un noir charbonneux, profond, sans reflets, comme de longues nuits sans lune. Sur son buste et le long de son avant-bras, des broderies d'or et, dans ses cheveux dressés en choucroute, trois petites plumes également dorées.

À demi allongée, elle jette son regard en avant, penche un peu la tête, perd ses yeux très loin. Sourcils noirs arqués, grandes orbites très ouvertes, avec des paupières larges, un nez long et fin, de grosses lèvres rouge vif, des cernes sous des yeux en amande marron qui sourient, qui rêvent et se délectent de leur rêve. Pendant à ses oreilles, de larges cascades d'or.

Sa paume gauche, appuyée à sa tempe, déforme son œil et lui donne davantage encore un visage de droguée, de prisonnière de ce monde, alors que c'est tout l'inverse, elle n'est pas aliénée, elle est libérée. Le visage arrondi, le menton marqué, elle semble comme blasée, revenue de tout, mais au contraire elle découvre tout, elle comprend, elle s'extasie, elle apprend son nouvel être, elle saisit enfin son vrai nom, son corps, ce qu'elle est vraiment et ce que signifie pour un corps le fait de vivre dans le futur. Elle est le lendemain, quel bonheur de se trouver déjà là-bas.

Elle sourit et ne se cache pas, elle semble dire : Rejoignez-moi. Et partout sous son corps allongé, le frémissement d'un énorme duvet gris et blanc, mobile comme les plumes d'un oiseau invisible, comme les poils d'un chien York, ou même d'un ours polaire, un gros animal vivant qui la porte et la sert. Quelle cabriole et quelle métamorphose de toute chose, et comme elle aime son nouvel être ! Sa joie ne cesse de s'accroître, c'est un mouvement qui ne finit pas, et qu'elle peut donc goûter librement et perpétuellement.

33

Polichinelle (1873), collection privée, localisation inconnue

Il se pavane, il sautille puis fait son pas en avant, la danse précède la révérence, il se moque du Globe et il exulte de vivre. Son grand habit multicolore le sublime, une manche jaune, une manche rose, un pan de veste turquoise, une jambe de pantalon bleu clair, une chaussette bleu nuit et l'autre rouge, assorties aux chaussures plates et, sur le dessus des souliers, une fourrure blanche ornée d'un bouton écarlate, comme la cerise sur la chantilly. Enfin, une grande collerette blanche autour du cou, puis des manches de taffetas qui couvrent ses poignets et à demi ses mains.

Son grand bicorne rose et bleu ciel est posé de guingois mais sa tête ne penche pas, il se tient parfaitement droit, sûr de son mouvement de parade, un pas en avant, le bras gauche levé à hauteur de la tête, le bras droit vers le bas s'écartant un peu du corps, il est majestueux, joyeux, farceur, terriblement moqueur et si sûr de son geste.

Il a le visage très rouge et comme bouffi, il a beaucoup bu, il boit encore, il boira toujours, la vraie vie est dans le bon alcool, dans le grand vin français, le rouge, le rosé ou le blanc, le mousseux, le sec ou le sucré. De larges lèvres écarlates, des cheveux blancs épais qui sortent de son bicorne comme s'il s'agissait de cervelle débordant de sa boîte crânienne, comme de grandes poignées d'ouate, de faux cheveux de déguisement en vieillard hivernal, et également de gros sourcils immaculés, et aussi des moustaches et d'énormes favoris qui descendent le long de ses joues, cheveux blancs, moustache blanche, barbe blanche.

Son nez est énorme, un nez en fraise et aussi rouge que le reste du visage. Il a les yeux dissimulés dans tout le mouvement de son corps, sans doute sont-ils sombres, ou au contraire clairs, on ne le saura jamais.

Il est arrivé à son apogée, il marche au-devant de lui-même, il jouit de son propre temps, il s'en amuse, il parade, il démontre à la terre entière comment un jour on peut se découvrir. Je suis qui je suis, je suis qui je serai, je suis le seul qui sera, et voilà. Je l'ai fait, vous pouvez le faire aussi.

Il avance en faisant ses pas de danse et en décrivant des cercles avec ses bras, il fait le pitre et reste pourtant le plus profond des penseurs, il a trouvé le passage, lui seul pouvait le faire, à chacun d'essayer, à chacun de tenter sa chance et de l'imiter. Jouez, riez, regardez votre présent comme un radieux futur, rallumez la lumière, attirez le Soleil à vous, appelez-le simplement, et l'astre régnant sur le ciel se jettera sur vous. Joie, joie, joie, la solution était là, et il l'a soudainement trouvée, quel rire recommencé sans fin ! Quelle aventure.

34

En bateau (1874), New York, États-Unis

Il navigue sur l'eau claire en compagnie d'une femme. Ils sont dans un canot, au milieu de flots calmes, avec un vent léger qui commence à tendre la voile et faire se dresser la bôme. L'homme est assis à l'arrière et tient la barre d'une main ferme, pendant que la femme est à demi allongée, de profil, les yeux invisibles, le visage effacé par une voilette la protégeant du soleil.

Il est là où il doit être, c'est sa place, il n'a pas le moindre doute. Il se sait nécessaire, il est celui dont son corps a besoin, celui qui a attendu si longtemps sa propre venue. Il se tient près de la femme qu'il aime, singulière sensation. Il découvre l'amour, il découvre un état d'être inédit pour lui, un mélange de peur et d'ivresse sans limites, il hérite soudain d'un pouvoir absolu sur le monde, de la maîtrise de toute chose en tout lieu et tout temps. Il devient le roi de la Création, il devient le Créateur lui-même.

C'est un état si troublant, si compliqué à maîtriser au début. Elle est là, elle est venue pour lui, il va la séduire et elle sera à lui, elle acceptera tout de lui, elle l'écoute déjà comme un dieu.

Allongée, offerte, malgré sa bizarre position, malgré son étrange apparence, sa robe violette à rayures claires, sa ceinture jaune, son chapeau blanc à ruban noir et violet, malgré ses yeux absents, vidés de toute vie, invisibles au regard, malgré tout cela elle est présente, assise et étirée de tout son long en travers de la barque.

Il est celui qu'il devait être, celui qu'il contenait en puissance, il s'est enfin déplié, il a acquis son entière force et sa vraie dimension. Le canotier jaune à ruban bleu clair enfoncé sur la tête, les cheveux courts, avec de longues pattes devant ses grandes oreilles, des sourcils clairs et un teint rose déjà hâlé par le premier soleil. Et cette belle moustache blonde, accordée à la paille de son canotier, longue et fournie, recourbée à son extrémité, et qui fait pendant à un minuscule bouc entre le menton et les lèvres.

Il a le visage grave et absorbé, il sait que le moment est vraiment important, que quelque chose arrive. Il regarde fixement dans votre direction, comme s'il vous voyait et vous examinait, mais il n'y a rien à voir, seulement lui-même et le divin futur. Il s'est vu, il se voit de nouveau, il se verra encore et encore, en pleine vérité jusqu'à la fin des temps.

Il est là et il aime, il découvre un autre corps qui est une sorte de partie de son propre corps, sans être pourtant réellement cela, un levier plutôt, dont il serait le point d'appui, cette femme qu'il se découvre aimer est une voie pour lui, un moyen d'être différemment. Un mystère également. Il est grave parce qu'il est intrigué, et peut-être même inquiet.

Où est son être vrai, où est la vérité ? En lui seulement ? Ou en lui attiré par elle et se rêvant en elle ? Il devine la réponse, la vérité sera toujours en lui, dans sa capacité à préserver un espace pour le libre jeu du Temps.

Jouer et vivre, et ressentir le Temps en lui-même. Tout le reste n'est rien, pas même cette femme qu'il aime. Regarder droit devant, tenir la barre et filer en direction du soleil, voilà la vérité éternelle.

35

La Famille Monet dans son jardin (1874), New York, États-Unis

Le bas de sa robe a tracé sur le sol un cercle blanc qui l'isole au milieu du monde. Elle est assise dans l'herbe, au cœur d'un jardin d'Éden, fermé sur le côté par des haies d'arbustes clairs, et au fond par des rangées de fleurs rouge vif. Son mari est derrière elle, penché à tailler les haies, un arrosoir à ses pieds, il porte une chemise bleue, un chapeau de feutre et un pantalon brun de jardinier. Son fils est allongé près d'elle, le visage reposant contre son bras et la tête recouverte d'un chapeau de paille à liseré rouge. Devant eux, s'apprêtant à passer en procession, un poussin, une poule et un coq. Un arbre a poussé dans leur dos, au milieu du jardin, probablement un pommier.

Elle est vêtue d'une robe de ville blanche et d'un chapeau noir garni de tulle avec des fleurs roses piquées au sommet. Derrière elle, près du sol, elle tient grand ouvert un éventail orange.

Tout en penchant la tête sur la droite, elle dresse le poing et y appuie son menton, et ce poing fermé est comme un défi pour rire, un jeu, une chamaillerie, elle veut faire la bagarre avec ceux qui la regardent. Elle défie la terre entière, ou bien menace un invisible danger, elle joue et en même temps se protège.

Elle sourit parce qu'elle sait qu'elle ne risque plus rien, qu'elle est à présent sauvée, inatteignable, non pas seulement préservée par son mari et son jeune fils, mais protégée par elle-même, et à son tour protégeant tout ce qui l'entoure.

Au-dessus de son chapeau blanc et derrière elle, sur le pommier dans son dos, des fleurs blanches apparaissent inexplicablement, qui semblent envolées de son chapeau, et également au loin derrière, sur la haie, le blanc se mêle au rouge vif des fleurs.

Sur son visage, l'ombre jetée par le rebord de son chapeau assombrit son regard et accentue ses cernes. Elle a les yeux si creux, c'est étrange, on croirait qu'elle est très malade, qu'elle est morte même, avec les orbites qui se creusent, la chair qui se vide du crâne. C'est parce qu'elle est épuisée, très fatiguée par toute l'énergie qu'elle a dû déployer pour arriver ici.

Pourtant, elle vous regarde fixement et semble vous narguer. Elle sait quelque chose sur elle que vous ne savez pas sur vous. Elle sourit et elle est heureuse, consciemment heureuse, accomplie, comblée. Elle a atteint son but, qui transcende tous les buts, elle est elle-même, elle est la femme la plus heureuse du monde, la seule femme au monde, et elle le sait.

36

Argenteuil (1874), Tournai, Belgique

L'homme et la femme sont assis sur le bord d'un bateau, tout près l'un de l'autre. Il parle, elle écoute, et pendant tout ce temps, derrière eux, l'eau bleu foncé monte jusqu'au ciel comme si elle allait remplir l'espace et, devenue un mur d'eau entre le ciel et la terre, les submerger dans l'instant.

Ils sont au bord de la Seine et pourtant l'océan semble là, arrivé de très loin, d'au-delà du continent, ayant passé Brest, Cherbourg, Le Havre, ayant remonté tout l'estuaire, ayant glissé comme un doux reptile le long des méandres qui mènent le fleuve à Paris. Des bateaux les entourent, comme s'ils les escortaient, deux derrière, collés au leur, trois autres plus loin sur l'eau. Dans leur dos, sur l'autre rive et après la berge d'herbe verte, un village rose apparaît dans la brume, puis des nuages orangés et le ciel azuré.

L'homme et la femme portent tous les deux des vêtements rayés, elle une robe à bandes bleues, roses et beiges, lui une marinière couleur tuile. Elle arbore un chapeau tressé noir surmonté d'un foulard blanc, il a sur la tête un bob jaune entouré d'un ruban rouge, et aux pieds des chaussures de toile à lacets écarlates.

Il a croisé les jambes, une main derrière le dos de la femme, l'autre tenant une ombrelle fermée posée sur ses genoux. Sa tête est complètement tournée vers la femme, mais elle ne le regarde pas, elle regarde devant elle, écoutant en souriant. Elle serre entre ses mains un bouquet de fleurs sauvages, dont une rouge vif.

Les yeux et les joues de l'homme sont dans l'ombre de son chapeau léger. Il a une large moustache blonde qui descend autour de sa bouche jusqu'à son menton, un teint rose, à peine hâlé par l'été, il a la bouche entrouverte, il parle.

La femme a le visage de face, sous une légère ombre elle aussi, mais avec des traits pourtant nets, des larges lèvres closes, des oreilles collées au crâne, des cheveux également plaqués et tirés en arrière, un menton épais et un cou large. Ses petits yeux bleus mi-clos paraissent sourire, comme si elle rêvait, et dormait, et veillait, et riait à la fois, comme si elle parlait tout en restant silencieuse.

Elle dit beaucoup de choses à travers son silence, elle regarde sans regarder, elle ressent l'espace alentour, elle se contemple, elle s'examine, et le bel inconnu à côté d'elle n'est pas étranger à son contentement. Elle se découvre, c'est l'été.

Sous sa robe à rayures bigarrée, elle porte une chemise légère, ouverte vers son cou autour duquel un ruban noir a été noué. À sa taille, entre les rangées de grands boutons bleus, une ceinture de cuir. Au rebord de son chapeau tressé, est attachée une tige de boutons-d'or.

Elle se connaît elle-même, elle plisse les yeux et se baigne en elle-même, comme si elle penchait la tête en arrière et la trempait dans les eaux bleutées de la rivière, d'une mystérieuse intensité méditerranéenne. Ses yeux sont devenus du même bleu. Ses larges lèvres sourient.

Bientôt, l'homme à ses côtés connaîtra lui aussi le bonheur de se savoir exister, et le nombre des corps éternels autour d'elle va peu à peu se multiplier. Elle sait que telle est la logique des choses, que c'est le sens du Temps une fois qu'il est vécu.

37

Portrait de Stéphane Mallarmé (1876), Paris, France

Il est à demi allongé et à demi assis, très confortablement installé sur un divan profond, au tissu clair à motifs épars, la tête appuyée contre une tapisserie orientale où poussent de longs roseaux. Une main dans son paletot, l'autre reposant sur un accoudoir et serrant un gros cigare allumé, dont il semble scruter la fumée.

Sous ses doigts, des feuilles, une liasse, peut-être un livre ouvert. Il a le visage émacié, un grand front, des joues rouges, une énorme moustache blonde désaccordée avec sa chevelure brune. Il est impénétrable, il est ailleurs et tous le savent, ses amis comme ses ennemis, sa famille et ses proches. Inutile d'essayer de le déranger, vous n'y parviendrez pas. Il a trouvé quelque chose, il s'est arrêté et il fixe, comme un chien de chasse en alerte.

Ses yeux sont sombres, celui de droite, imperceptiblement souligné de rouge, semble violet, celui de gauche paraît bleu marine, accordé à son veston remonté jusqu'au menton. Il est poète, il fait ce qu'il veut du langage, il préside à la parole, donc à la Création, il est en train de réfléchir à ce qu'il va construire bientôt, dans la minute qui vient ou dans l'heure, le mois, l'année qui va suivre. Il peut jouer où il veut quand il veut, le monde est son jardin.

Les phrases magiques se succèdent en lui, elles le précèdent, elles l'accompagnent, elles naissent de lui et le font naître à lui. Il mute, il grandit, il change d'espace et bascule dans un nouvel univers. Tout cela, il le sait depuis très longtemps, il sait qu'il est, il sait où il est, il sait où il va, et il sait pourquoi. Il connaît son être dans le Temps, son être dans son propre temps intime et expérimenté de nouveau chaque instant. Et pourtant, il en est toujours autant étonné, surpris et ravi. C'est à peine croyable qu'il *soit* à un tel point.

Il est le roi des rois, il est le *stephanos*, le couronné. Derrière son crâne, sur la tapisserie, sa tête trace une ombre discrète. Quand il se sera levé, cette ombre restera imprimée sur le mur, c'est son privilège, être honoré en tout lieu et en tout temps par les atomes présents, marquer le Temps de son empreinte immuable. Il est donc à demi assis, à demi allongé et fume son cigare, mais il n'est pas nonchalant ou lascif, il est comblé, ravi de la chance qu'il a provoquée dans ce monde et dans son propre temps. Il joue avec le Temps.

38

La Prune (1877), Washington, États-Unis

Elle est assise et elle paraît songeuse. Elle s'est habillée de lumière, d'un petit chapeau simple, noir avec des dentelles blanches tout autour, enfoncé jusqu'aux oreilles, d'un chemisier blanc avec un voile sur la poitrine, et surtout de cette belle robe cintrée, simple et raffinée à la fois.

La couleur rose pâle de sa robe s'accorde parfaitement et miraculeusement à la couleur de sa peau, de ses mains, de ses avant-bras, et de son visage légèrement empourpré par la chaleur du lieu et la vigueur de la liqueur qu'elle boit. Elle appuie son visage sur sa main, accoudée sur la table de marbre du café. Dans son autre main, elle tient entre deux doigts une cigarette qu'elle vient de rouler et n'a pas encore allumée. Posé devant elle, un verre à pied contient une prune noyée dans son alcool.

Ses paupières sont à demi fermées, roses et presque rouges, marquées. Ses cheveux roux sortant du chapeau cachent le haut de son visage, pas de front, pas de sourcils, seulement deux petits yeux verts ronds et remplis d'extase. Un nez et des joues sans une ride, et sous les narines une grande ombre grenat, comme si elle était enrhumée, jusqu'à sa petite bouche écarlate, puis son menton sombre, rose et gris, dont la couleur se mêle le long de la joue à celle de la grande robe du même rose.

Sa tête est penchée, retenue par son bras accoudé, elle regarde loin, très loin. Ses petits yeux verts sont cernés, ses lèvres sont trop roses, ses cheveux roux sortant de sous son chapeau sont trop ébouriffés, elle semble épuisée et en même temps apaisée. Comblée. Elle est ivre d'eau-de-vie et ivre d'elle-même, elle s'est trouvée, elle s'est découverte, elle baigne dans ses propres yeux, dans le vert doux, un vert amande, un vert olive, un vert de feuilles en plein été, tilleul ou marronnier.

Elle a atteint son rêve, elle culmine sur elle-même, elle se tient au sommet de ce qu'elle a été, est, et sera, la place centrale en ce monde et dans tous les mondes qui lui succéderont. La banquette sur laquelle elle est assise semble s'enflammer dans son velours bordeaux, ainsi que les boiseries dans son dos, et la grille de fonte derrière sa tête, et la table de marbre avec ses veines grises, toute la réalité vibrante se soumet et reconnaît son autorité.

La vie de la jeune femme prend le pas sur toute la matière, les atomes mutent et attendent le moindre de ses ordres, elle a exproprié toute chose et toute vie ici-bas, elle peut sourire à présent, même imperceptiblement, une petite fossette à l'angle de sa bouche, le plaisir de se savoir sauvée, le soulagement de la plus complète liberté.

39

Liseuse à la brasserie (1878), Chicago, États-Unis

Elle est enfoncée dans ses vêtements noirs, le large chapeau de feutre rond qui descend sur sa tête et le grand manteau qu'elle a entouré, sur le cou, d'une large écharpe de tulle blanche dans laquelle elle semble rentrer la tête.

Elle tient dans ses deux mains gantées de daim un journal attaché par son milieu à un manche de bois, elle lit les actualités du jour, assise dans la brasserie, légèrement penchée en arrière. Sur une table, derrière elle, est posée une chope pleine de bière. Dans le fond, un jardin très vert, avec des fleurs écarlates éclatantes.

Sous son chapeau, ses cheveux roux tombent en frange sur son visage rose. Le tulle de son écharpe monte par-dessus son menton et jusqu'au milieu de sa joue, elle s'y réfugie comme si elle avait froid. Sur ses pommettes, des rougeurs accentuées, et sous ses yeux, ainsi que le long de son nez, de singulières teintes vert-de-gris, comme si elle avait des cernes.

Son visage est tellement changeant, mobile, insaisissable, très précieux, c'est celui d'une déesse. Ses lèvres fines sont soulignées de rouge. Elle tourne les yeux vers la droite, dans la continuité de sa tête, de trois quarts, elle lit sans lire, les actualités du journal sont si fragiles, incertaines, périssables, ne s'y dépose que l'écume.

La vraie vie pesant un vrai poids se trouve ailleurs. Ici, dans cette brasserie, avec tous ces hommes et toutes ces femmes, ce sont eux qu'elle pourrait observer, avec ce regard de biais. Mais elle est déjà plus loin, beaucoup plus loin, elle est rendue là où personne avant elle n'avait été, où personne n'ira jamais, elle est arrivée en elle, elle se voit, elle s'arrête face à son âme enfin révélée.

Elle paraît toute pensive, soudainement épuisée, vidée, contentée. Elle a été au bout d'elle-même, elle n'en est pas revenue, elle n'en reviendra jamais, elle restera là-bas, elle ne repartira pas. Elle garde sa position, elle fait mine de vivre la fausse vie des autres, mais tellement de choses ont changé en elle.

Ses yeux eux-mêmes sont différents, ils ont diminué de taille et gagné en intensité, ils ont absorbé une part énorme de la réalité, ils ont trouvé le chemin vers une autre vérité, ils voient, en parallèle des choses actuelles, d'autres choses, des choses qui forment l'avenir.

Elle ne lit pas le journal, elle se lit, elle lit sa vérité, elle se découvre étendue dans le Temps, écrite de nouveau chaque seconde par le travail de son esprit. Elle vit toujours davantage encore, elle sur-vit enfin.

40

Portrait de Clemenceau (1879), Fort Worth, États-Unis

Il n'y a rien qu'il ne connaisse déjà ici-bas, mais il reste intéressé par ce qu'il va découvrir plus en détail encore, par la finesse des choses, leur douceur, leur rudesse, leur éclat, leur laideur. Même ce qu'on a déjà vu en rêve une première fois, on est prêt à le revoir de nouveau enfin matérialisé, les choses sont un éternel retour et il y participe.

Il n'est fait que de gris dans ce monde gris du pouvoir politique, redingote grise, moustache grise, cheveux gris et presque blancs, devant un fond gris, un univers de cendre, et il se tient au milieu, se dressant les bras croisés, la tête légèrement relevée, de trois quarts, comme un garde-à-vous inachevé, un instant de solennité mais incomplet. Il pose, il se laisse observer et capturer du regard.

Il toise tout ce qui est en ce monde, il se toise aussi lui-même, et il est satisfait. Chemise blanche à col amidonné dressé jusqu'au menton, cravate noire, veste grise à boutons sombres. Devant lui, à hauteur des hanches, une des tables de l'Assemblée nationale, avec son velours vert, son marbre et ses sculptures républicaines encastrées dans le bois, et, posées sur le rebord, quelques feuilles volantes, les notes du discours qu'il vient de prononcer et pour lequel il sera bientôt applaudi, lorsque cette suspension des choses prendra fin.

Son visage est plein et juvénile, avec de toutes petites oreilles, un front haut, des joues remplies, un menton marqué, de grosses moustaches sombres qui entourent en arc de cercle sa bouche et descendent jusqu'à son menton. Des cheveux courts et très gris, des sourcils larges au-dessus de petits yeux ronds à peine visibles derrière des paupières mi-closes, regard perçant aux notes olive.

Il sait qui il est. Il se repose en lui-même, sur lui-même, appuyé contre tant d'années passées, il se voit propulsé, en déplacement permanent et pourtant immobile et droit, et lesté par une irréductible force de gravité, partie intégrante et opérante de l'attraction terrestre.

C'est la montagne la plus fine qui existe, comme une ombre des nuages, un tronc à lui tout seul, le pilier du ciel, l'axe qui entraîne la Terre et en régule la course. Il peut fermer à demi ses petits yeux, il a vu ce qu'il y avait à voir en lui, grande tête ronde vissée sur un petit corps droit disparaissant en partie derrière le monde gris.

Il travaille pour les années sans se préoccuper d'autrui, il est son propre moteur et ce moteur implique ce mouvement, diriger un pays, en combattre les ennemis, améliorer le sort de ses contemporains à l'aide de grands moyens. Et aussi, au milieu du plaisir intellectuel le plus personnel et le plus profond, œuvrer avec force pour aider les artistes à devenir toujours davantage eux-mêmes, être toujours plus visibles et peser toujours plus fort sur les vieux atomes de ce vieux monde. Son corps fait aussi ça pendant que son esprit s'accomplit en pensée et se comble lui-même. D'où son immobilité et sa tête dressée : il est entièrement tourné vers l'avant, avec les yeux vifs. Et il n'a jamais peur.

41

Autoportrait à la palette (1879), Philadelphie, États-Unis

L'espace d'une seconde, voyez-le tel qu'il se voit lui-même, et donc tel qu'il est. Non pas au travail, mais en pleine vie, habillé d'une belle veste de ville ocre sur un gilet sombre, avec une large cravate marine par-dessus une chemise blanche, le chapeau melon noir vissé sur la tête.

Il est tourné de biais, tenant dans sa main gauche, volontairement floue et aux doigts tachés de peinture rouge, un pinceau très long et très fin, au bout duquel éclate la même couleur écarlate. Dans sa main droite, une palette aux couleurs indistinctes, si ce n'est deux larges taches de blanc immaculé.

Tout son corps semble flou, jamais totalement fini, toujours changeant, toujours tremblant, les contours de la veste, du col, de la poche, des boutons, des emmanchures sont tous comme partiellement effacés, inachevés, laissés en devenir. Seuls son chapeau et son visage sont nets et précis. Un grand visage pâle dont la moitié est entièrement occupée par une barbe blonde fournie, avec, en haut des joues et sur le front, des rougeurs, une petite bouche aux lèvres roses. Et aussi une large oreille, très dégagée et très rouge, comme si elle avait été frottée, comme si elle chauffait parce qu'elle recevait une grande quantité de sons différents, à l'écoute de ce vieux monde et de tous ceux qui lui succéderont. Et enfin, des sourcils blonds très discrets, un grand nez régulier fort comme une proue de navire, et surtout, surtout, deux yeux bleus perçants.

L'homme est donc blond, à la barbe épaisse, et ses petits yeux sont d'un bleu impossible, plein et profond comme un ciel grec au cœur de l'été. Son œil droit, celui qui est dans la lumière, contient un bleu solide qui n'occupe que la pupille, il fixe le vide devant lui. Son œil gauche, dans l'ombre, est fait d'un bleu liquide qui, d'une façon incroyable, coule hors de son orbite, comme une larme céleste, comme un débordement. Les orbites sont cernées, l'homme a les yeux creux, c'est la fatigue, mais une saine fatigue de labeur fructueux. Il a dans le crâne deux trous qui aspirent tout, deux yeux qui ouvrent sur le ciel et qui le contiennent.

Il prend un air grave, il joue à être le vieux Dieu de la Renaissance, avec sa grande barbe de sage et son sérieux de juge ultime. Il s'amuse à rappeler la création du monde, il sait qu'il a créé le sien et qu'il recommence chaque instant, avec devant lui sans cesse le futur, l'avenir comme moteur de ce corps lancé dans le Temps et ne cessant plus d'accélérer sa course. L'avenir est infini, son recommencement aussi.

Il a atteint son but, il s'est changé en matière, mais une matière mystérieuse qui devient vivante à l'intérieur du Temps. Son corps est composé de peinture, de pigments agencés spécialement entre eux.

Ses yeux traversent tous les murs et toutes les années, toutes les décennies, tous les siècles, il le sait. Il devrait en rire, en pleurer de joie, il n'a cependant qu'un regard plus vif. Et ses boucles de cheveux blonds qui, au-dessus de l'oreille, sortent de son chapeau, volant comme les vagues rebelles d'un océan qui monte.

42

Portrait de George Moore (1879), New York, États-Unis

Il s'est transformé en fusée d'artifice, en petite boule d'agrément, en étoile enfiévrée. Il a explosé, le visage long, blanc et maigre, les cheveux clairs en bataille et la barbe rousse, le buste serré dans sa redingote marine, avec une chemise blanche à col droit montant dans son cou, et un foulard à rayures grises et bleues en guise de cravate, il est tétanisé par ce qu'il vient de vivre. Il a réussi, il a atteint son but, il a franchi la ligne invisible qui sépare les demi-morts des vrais vivants, les somnambules de ceux qui sont réveillés.

Il exulte, endiablé et pourtant immobile, agité et en même temps pétrifié. Ses cheveux blonds sont peignés vers la droite, avec une raie nette et une longue mèche qui cache peut-être une calvitie précoce, ils sont fins, et un peu longs, et dressés, sur la tempe opposée à la mèche également, remontant des deux côtés à l'oblique, comme des bois de cerf que l'on viendrait de tailler.

Une peau trop blanche au teint jaune, avec des notes de bleu, des cernes autour des yeux. Une barbe orangée, presque rouge, mal taillée, longue et clairsemée, qui se termine par une barbiche involontaire descendant jusqu'à la base du cou. Et deux yeux comme aveuglés, bleus et gris, prisonniers du futur qu'ils connaissent parfaitement et ne veulent plus quitter. Il a enfin trouvé son temps, le temps libre, personnel et infini, qu'il cherchait.

Il reste comme stupéfait, immobilisé dans une expression du visage, la bouche ouverte entre ses lèvres rouges et sa barbe d'or. Ses traits semblent si fugitifs, si imprécis, comme s'il était déjà parti, comme si son crâne et tout son corps voyageaient si vite qu'ils n'étaient plus qu'un souvenir, une rémanence dans l'air ambiant.

À présent, il se tient bien loin du temps des autres, et on l'aperçoit très distinctement se regardant au travers de son temps personnel, l'œil droit écarquillé et entouré d'une étrange couronne rose, à la façon d'une ecchymose, un coup que la surprise lui aura donné au visage.

Il se tient si droit, paraît si immobile, c'est un « i » roux, rose et bleu, détaché sur le fond gris de la vie des autres, c'est un motif explosif que tous les autres corps devraient observer avec une surprise égale à celle qu'il éprouve lui-même. Il s'élève, ses pieds ne touchent plus terre, il s'est enlevé à lui-même, il s'est kidnappé, il s'est enfin libéré, il est unique.

43

Monsieur Brun (1879), Tokyo, Japon

Il a les mains glissées dans des poches peu profondes à la hauteur des hanches, les bras écartés de sa redingote formant des triangles. Il se tient très droit au milieu de l'allée de gravier qui serpente entre les buissons.

Il porte un chapeau haut de forme gris enrubanné de noir, une jaquette violette échancrée au bas et qui laisse apparaître un gilet jaune, une grosse cravate bleu marine sur une chemise blanche à col plastronné, un pantalon de lin gris, des chaussures noires légères. À la boutonnière de son col, il a glissé une minuscule fleur rose entourée de feuilles. Il est habillé pour l'été, pour un de ces matins où la vie commence enfin.

L'homme n'est pas enrobé et pourtant il semble d'un certain poids, arrondi malgré sa haute taille. Il est heureux d'être là, heureux d'être lui-même, avec un air légèrement hautain, très satisfait. Son regard part au loin sur sa gauche.

Des cheveux roux coupés court, une moustache blonde et longue remontant en virgule jusqu'au milieu des joues, une petite mouche de poils sous les lèvres. Il a le teint très clair, presque blanc, avec des taches rouges par endroits, comme s'il avait été blessé et qu'il finissait de cicatriser. Son visage est épais, un peu bouffi, une oreille rougie, un menton s'enfonçant dans le cou, des yeux marron foncé tout petits et comme disparaissant à l'intérieur de la tête.

Il est sûr de lui, très confiant, certain de son existence et du temps qui lui reste à vivre, un temps infini, un temps approfondi, vertical, se creusant sans cesse et s'élevant sans cesse. Il se tient le long du fil à plomb de la gravité terrestre, tendu et dressé, droit comme il l'est lui-même sur ses pieds, légèrement appuyé sur la jambe droite. Les mains dans les poches hautes de sa redingote, il se pavane pour rire, levant les coudes comme un oiseau de terre qui déploierait ses ailes pour apprendre de nouveau à voler, une poule, une autruche, un manchot, qui voudrait planer en plein ciel.

Il joue, il s'amuse, il assiste au premier matin du nouveau monde, et même du nouvel univers, il est devenu un dieu, le seul dieu qui compte et à côté duquel tous les autres dieux ne sont rien. Il se connaît, il sait, il a sa preuve personnelle, il se voit allongé dans le Temps et tenant pourtant ce Temps à l'intérieur de sa paume.

Son chapeau haut de forme gris, de la plus belle couleur et parfaitement accordé à sa veste violette, a un bord recourbé qui remonte au-dessus des tempes et qui dépose sur son front une ombre descendant jusqu'au sommet du nez. Ainsi, l'éclat insoutenable du soleil s'élevant de minute en minute ne l'éblouit jamais.

Il a le visage en pleine lumière et pourtant protégé de l'aveuglement, il voit à l'intérieur de la clarté la plus forte, il tient tête au soleil, au ciel immaculé, aux étoiles qui s'y cachent. Il est heureux et il flotte en lui-même, il existe comme aucun autre être vivant et aucune autre chose n'a existé avant lui.

44

Portrait d'Antonin Proust (1880), Toledo, États-Unis

Il a posé une de ses mains gantées à plat sur sa hanche, tandis que l'autre, dégantée, s'appuie sur sa canne. La redingote est bleu marine, croisée et à double rangée de boutons, les gants sont en daim blond. Sur sa tête, un chapeau haut de forme, à sa boutonnière une petite fleur rose entourée de feuilles vertes, et juste au-dessous, sortant de la poche, un mouchoir immaculé. Autour du cou apparaît un col de chemise refermé sur un foulard marine dans lequel a été plantée une aiguille à tête de cristal.

C'est un homme grand, massif mais pas gros, la puissance de sa position sociale se reflète dans ses vêtements et dans son attitude, une main sur le côté, se tenant bien droit, légèrement tourné vers la droite, la tête à peine penchée. Il attend, il sait qu'il a le temps, il sait qu'il est lui-même ce temps.

Une barbe blanche mi-longue et soigneusement taillée, surmontée par une longue moustache blonde, ainsi que des favoris, des cheveux et des sourcils de la même couleur paille. Les yeux à la fois gris et bleus, si brillants qu'ils semblent pris par les larmes. Beaucoup d'ombre sur une partie du visage, en haut du front sous le chapeau, et le long de l'arête du nez. De larges cernes sous les yeux. Un beau nez long et équilibré. Une grande oreille qui rougit. Des lèvres charnues dissimulées par les moustaches et la barbe. Et enfin, un sourire caché derrière la plus grande gravité. Le contentement, le plaisir, l'extase d'être lui-même, entièrement et définitivement.

Ses yeux s'agrandissent continuellement, ils excèdent bientôt la taille de son crâne, ils croissent sans fin, leur bleu céleste les fait gonfler, comme un océan qui naît et ne retournera jamais à sa source. Leur iris occupera bientôt tout l'espace connu et inconnu, le bleu à la fin aura raison de tout, car ce regard s'est accroché en un point solide entre tous les points, son état vécu à l'intérieur du Temps.

Il est le seul et il le sait, le seul à savoir qu'il sait qui il est. Il vit vraiment et il vivra dorénavant toujours, en un éclair il a gagné l'immortalité.

45

Un bar aux Folies-Bergère (1882), Londres, Royaume-Uni

Par-dessus sa robe, elle a un bouquet épinglé sur le cœur, une fleur et ses feuilles, à même le tissu noir, au creux du décolleté. Elle est grande, elle se tient droite, les deux mains appuyées sur la table, serrée dans sa robe cintrée, avec cette grande ouverture rectangulaire au-dessus de la poitrine, entourée d'une large dentelle blanche.

Autour du cou, un ruban de soie noire, accordé au velours de sa robe, auquel pend un bijou ovale en porcelaine peinte. À son poignet droit, un large bracelet rigide aux reflets dorés. À ses lobes d'oreilles, deux minuscules perles pendantes.

Elle est serveuse et vêtue comme une serveuse, mais pourtant plus gracieuse qu'une bourgeoise, avec sa rangée de boutons de nacre sombre descendant le long de sa robe de velours, et cette jupe grise accordée à la nacre, et ce bijou au cou, si raffiné, si intime. Elle a les cheveux coupés en frange sur le front, d'un blond vénitien et brillant comme de l'or, de larges sourcils sombres à demi cachés par la frange, le rose aux joues à cause de la chaleur du lieu, un café rempli un soir de fête à Paris.

Elle a un long nez parfaitement régulier, de larges lèvres et une bouche courte, un menton marqué, de petites oreilles elles aussi rosies par la fièvre festive. Et ces grands yeux ocre, perdus pour toujours dans un monde futur.

Elle se voit demain, elle se voit vivante maintenant et toujours. Son sourire, bien qu'imperceptible, est incontestablement réel, elle est sereine, comblée, heureuse de qui elle est et d'où elle se tient à présent. Tout autour d'elle, c'est le brouhaha, une sorte de petit chaos attisé par le désir et l'alcool.

Sur la table de marbre, prêtes à être servies, il y a des bouteilles de liqueurs diverses, des oranges pour se désaltérer ou créer des cocktails, deux roses dans une flûte pour la beauté et la vitalité, des bouteilles de champagne encore revêtues de leur collerette d'or, des bouteilles de bière, d'absinthe, de liqueur de cassis. Elle attend les clients, elle leur donnera à volonté un peu de ces élixirs d'immortalité.

Quant à elle, elle ne boit pas, en quelque sorte elle n'en a pas le droit, et surtout elle n'en a plus besoin. Elle est tombée dans l'ivresse pour la vie aussitôt qu'elle s'est vue dans la vérité, dès qu'elle a compris qu'elle existait dans le Temps, qu'elle vivait par le futur et qu'elle aurait toujours accès à elle-même. Elle sourit imperceptiblement et se répète encore : Ce que je vois, c'est moi, éternelle et vraie, et la joie d'exister ne veut pas la quitter.

46

Le Clairon (1882), Dallas, États-Unis

Il sait qu'il est déjà mort, c'est le métier qui veut ça, il sait aussi qu'il est plus vivant que tous les vivants le seront jamais. Ce militaire n'est plus un homme de troupe, un simple clairon d'infanterie, il est le général, le président, le plus puissant des dieux de l'Olympe.

Il est debout, de profil, très légèrement penché en avant, casquette et pantalon écarlates, tunique bleue, gros ceinturon marron. Le bras gauche pendant le long du corps, du bras droit il tient, plus ou moins à l'horizontale, le clairon dont il presse l'embouchure à ses lèvres. Sous l'instrument pendent les couleurs rouges de son régiment.

Il a le visage creux, une petite barbiche sur le teint pâle, de larges sourcils sombres et de petits yeux très noirs. Sa casquette est légèrement relevée, la visière orientée vers le haut. Sous ses cheveux coupés court, une grande oreille plate et très rouge, puis un nez busqué, fin et bref, et dans tout le visage beaucoup de tension et de gravité. Il sonne la charge, il sonne le glas, il sonne l'instant du grand changement, il ne s'intéresse plus à ses congénères, il a trouvé l'issue, la voie de la libération.

Ses yeux sont si étranges, comme plissés, comme s'il était soudain devenu asiatique, qu'il avait hérité pendant la nuit du corps d'un père ou d'une mère chinois ou japonais, il est parti l'espace de quelques heures en Extrême-Orient et revenu bientôt avec les traits changés, le visage métamorphosé. Et dans ses yeux plissés et pourtant grands ouverts, brille une pupille noire comme la profondeur des espaces galactiques, le lieu où se tiennent tous les astres qu'on appelle ici étoiles, et qui chez elles sont d'immenses soleils.

Le soldat au clairon semble obéir aux ordres, alors qu'en réalité son regard vide est celui d'un être qui enfin peut se contempler et s'aimer, se connaître tel qu'il est. Il en reste tout abasourdi, il n'en revient pas de savoir qui il est, de se voir vraiment et immédiatement, de s'aimer parce que soudainement l'objet et le sujet de la connaissance sont devenus les mêmes.

Il souffle dans le clairon et la musique qui en sort est double, celle militaire de la guerre inutile, et celle éternelle de la victoire personnelle, et il ne salue pas les troupes, les généraux, le pays, ou on ne sait quels slogans politiques, il salue sa propre existence enfin prouvée. Il se rend hommage, il rend hommage à cette vie qu'il a choisi de rendre éternelle. Il se tient au garde-à-vous face à lui-même, émerveillé, épris, amoureux et aimé.

L'INFINI

Dans la même collection

Daniel ACCURSI *Le néogâtisme gélatineux – La nouvelle guerre des dieux – La pensée molle*

Louis ALTHUSSER *Sur la philosophie*

Dominique AURY *Vocation : clandestine (Entretiens avec Nicole Grenier)*

Frédéric BADRÉ *L'avenir de la littérature*

Julien BATTESTI *L'imitation de Bartleby*

Olivier BAUMONT *« À l'Opéra, monsieur ! » (La musique dans les* Mémoires *de Saint-Simon)*

Frédéric BEIGBEDER *Nouvelles sous ecstasy*

Pierre Alain BERGHER *Les mystères de* la chartreuse de parme *(Les arcanes de l'art)*

Emmanuèle BERNHEIM *Le cran d'arrêt*

Frédéric BERTHET *Journal de Trêve – Felicidad – Daimler s'en va – Simple journée d'été*

Victor BOCKRIS *Avec William Burroughs (Notre agent au Bunker)*

Amélie de BOURBON PARME *Le sacre de Louis XVII*

Pierre BOURGEADE *L'objet humain – L'argent – Éros mécanique – La fin du monde*

Judith BROUSTE *Le cercle des tempêtes – Jours de guerre*

Antoine BUÉNO *L'amateur de libérines*

Alain BUISINE *Les ciels de Tiepolo*

Emmanuel CATALAN *Prolégomènes à une révolution immédiate*

Brigitte CHARDIN *Juste un détour*

Frank CHARPENTIER *La Dernière Lettre de Rimbaud*

COLLECTIF *Poésie hébraïque du IVe au XVIIIe siècle (Choix de poèmes)*

COLLECTIF (sous la direction de Yannick Haenel et François Meyronnis) Ligne de risque *(1997-2005)*

Béatrice COMMENGÉ *Et il ne pleut jamais, naturellement – L'homme immobile – Le ciel du voyageur – La danse de Nietzsche*

Gilles CORNEC *Gilles ou Le spectateur français – L'affaire Claudel*

Michel CRÉPU *Lecture (Journal littéraire 2002-2009 –* La Revue des Deux Mondes*)*

Catherine CUSSET *La blouse roumaine*

Marc DACHY *Il y a des journalistes partout (De quelques coupures de presse relatives à Tristan Tzara et André Breton)*

Joseph DANAN *Allégeance*

Mathieu DAVID *Barcelone brûle*

René DEFEZ *Méditations dans le temple*

Raphaël DENYS *Le testament d'Artaud*

Marcel DETIENNE *L'écriture d'Orphée*

Conrad DETREZ *La mélancolie du voyeur*

Jacques DRILLON *Sur Leonhardt – De la musique*

Bernard DUBOURG *L'invention de Jésus*, I et II *(L'Hébreu du Nouveau Testament* et *La fabrication du Nouveau Testament)*

Hélène DUFFAU *Combat – Trauma*

Benoît DUTEURTRE *Tout doit disparaître – L'amoureux malgré lui*

Alexandre DUVAL-STALLA *François-René de Chateaubriand – Napoléon Bonaparte : une histoire, deux gloires (Biographie croisée) – Claude Monet – Georges Clemenceau : une histoire, deux caractères (Biographie croisée) – André Malraux – Charles de Gaulle : une histoire, deux légendes (Biographie croisée)*

Raphaël ENTHOVEN *Le philosophe de service (Et autres textes) – L'endroit du décor*

Hans Magnus ENZENSBERGER *Feuilletage – La grande migration* suivi de *Vues sur la guerre civile*

François Fédier *Soixante-deux photographies de Martin Heidegger*

Jean-Louis Ferrier *De Picasso à Guernica (Généalogie d'un tableau)*

Michaël Ferrier *François, portrait d'un absent – Mémoires d'outre-mer – Fukushima (Récit d'un désastre) – Sympathie pour le fantôme – Tokyo (Petits portraits de l'aube)*

Michaël Ferrier et Kenichi Watanabe *Notre ami l'atome*

Alain Fleischer *Petites histoires d'infinis – Prolongations – Immersion*

Philippe Forest *L'enfant éternel*

Hadrien France-Lanord *La couleur et la parole (Chemins de Paul Cézanne et de Martin Heidegger)*

Philippe Fraisse *Le cinéma au bord du monde (Une approche de Stanley Kubrick)*

Jean Gatty *Le président (Dialogue) – Le journaliste (Dialogue)*

Henri Godard *L'autre face de la littérature (Essai sur André Malraux et la littérature)*

Romain Graziani *Fictions philosophiques du « Tchouang-tseu »*

Camille Guichard *Vision par une fente*

Cécile Guilbert *L'écrivain le plus libre – Pour Guy Debord – Saint-Simon ou L'encre de la subversion*

Pierre Guyotat *Vivre*

Yannick Haenel *Papillon noir* suivi de *Longer à pas de loup – Tiens ferme ta couronne – Je cherche l'Italie – Les Renards pâles – Jan Karski – Cercle – Évoluer parmi les avalanches – Introduction à la mort française*

Yannick Haenel et François Meyronnis *Prélude à la délivrance*

Martin Heidegger *La dévastation et l'attente (Entretien sur le chemin de campagne)*

Jean-Luc HENNIG *De l'extrême amitié (Montaigne & La Boétie) – Voyou* suivi de *Conversation au Palais-Royal* par Mona Thomas – *Femme en fourreau – Apologie du plagiat – Bi (De la bisexualité masculine)*

Friedrich-Wilhelm von HERRMANN et Francesco ALFIERI *Martin Heidegger (La vérité sur ses* Cahiers noirs*)*

Jean-Louis HOUDEBINE *Excès de langage*

Nicolas IDIER *La musique des pierres*

Alain JAUBERT *La moustache d'Adolf Hitler (Et autres essais) – Val Paradis – Palettes*

Régis JAUFFRET *Sur un tableau noir – Seule au milieu d'elle*

Christine JORDIS *L'aventure du désert*

Alain JOUFFROY *Conspiration – Manifeste de la poésie vécue (Avec photographies et arme invisible)*

Jack KEROUAC *Journaux de bord (1947-1954) – Vieil Ange de Minuit* suivi de *citéCitéCITÉ* et de *Shakespeare et l'outsider*

Alain KIRILI *Statuaire*

Julia KRISTEVA *Histoires d'amour*

Bernard LAMARCHE-VADEL *Tout casse – Vétérinaires*

Louis-Henri de LA ROCHEFOUCAULD *La Révolution française*

Lucile LAVEGGI *Le sourire de Stravinsky – Damien – Une rose en hiver – La spectatrice*

Sandrick LE MAGUER *Portrait d'Israël en jeune fille (Genèse de Marie)*

Bruno LE MAIRE *Musique absolue (Une répétition avec Carlos Kleiber)*

Philippe LIMON *Phallus – Scène de la vie conjugale*

Gordon LISH *Zimzum*

Jean-Michel LOU *L'autre lieu (De la Chine en littérature) – Corps d'enfance corps chinois (Sollers et la Chine) – Le petit côté (Un hommage à Franz Kafka)*

Pierre MARLIÈRE *Variations sur le libertinage (Ovide et Sollers)*

Éric MARTY *Une querelle avec Alain Badiou, philosophe – Bref séjour à Jérusalem – Louis Althusser, un sujet sans procès (Anatomie d'un passé très récent)*

Gabriel MATZNEFF *Les Demoiselles du Taranne (Journal 1988) – Calamity Gab (Journal janvier 1985-avril 1986) – Mes amours décomposés (Journal 1983-1984) – Les Soleils révolus (Journal 1979-1982) – La passion Francesca (Journal 1974-1976) – La prunelle de mes yeux*

Jeffrey MEHLMAN *Legs de l'antisémitisme en France*

François MEYRONNIS *Tout autre (Une confession) – Brève attaque du vif – De l'extermination considérée comme un des beaux-arts – L'Axe du Néant – Ma tête en liberté*

Catherine MILLOT *Un peu profond ruisseau... – La vie avec Lacan* – O Solitude – *La vie parfaite (Jeanne Guyon, Simone Weil, Etty Hillesum) – Abîmes ordinaires – Gide Genet Mishima (Intelligence de la perversion) – La vocation de l'écrivain*

Claude MINIÈRE *Encore cent ans pour Melville – Pound caractère chinois*

Emmanuel MOSES *Rien ne finit – Ce jour-là – Le théâtre juif (Et autres textes) – Le rêve passe – Un homme est parti*

Stéphane MOSÈS *Instantanés* suivi de *Lettres à Maurice Rieuneau (1954-1960) – Rêves de Freud (Six lectures)*

Philippe MURAY *Le XIX*[e] *siècle à travers les âges*

Marc-Édouard NABE *Je suis mort – Visage de Turc en pleurs – L'âme de Billie Holiday*

Alain NADAUD *Voyage au pays des bords du gouffre – L'envers du temps – Archéologie du zéro*

Dominique NOGUEZ *L'homme de l'humour – Le grantécrivain (& autres textes) – Immoralités* suivi d'un *Dictionnaire de l'amour – Amour noir – Les Martagons*

David di NOTA *Ta femme me trompe – Bambipark* suivi de *Têtes subtiles et têtes coupées – J'ai épousé un Casque bleu* suivi de *Sur la guerre – Projet pour une révolution à Paris – Traité des élégances,* I – *Quelque chose de très simple – Apologie du plaisir absolu – Festivité locale*

Rachid O. *Ce qui reste – Chocolat chaud – Plusieurs vies – L'enfant ébloui*

Jean-Luc OUTERS *Le dernier jour*

Marc PAUTREL *L'éternel printemps – La vie princière – La sainte réalité (Vie de Jean-Siméon Chardin) – Une jeunesse de Blaise Pascal – Orpheline – Polaire – Un voyage humain – L'homme pacifique – Le peuple de Manet*

Marcelin PLEYNET *L'expatrié – Le retour – L'étendue musicale – Chronique vénitienne – Le savoir-vivre – Rimbaud en son temps – Le Póntos – Les voyageurs de l'an 2000 – Le plus court chemin (De* Tel Quel *à* L'Infini*) – Le propre du temps – Les modernes et la tradition – Prise d'otage – Fragments du chœur*

Olivier POIVRE D'ARVOR *Les dieux du jour (Essai sur quelques mythologies contemporaines)*

Jean-Yves POUILLOUX *L'art et la formule – Montaigne, une vérité singulière*

Lakis PROGUIDIS *Un écrivain malgré la critique (Essai sur l'œuvre de Witold Gombrowicz)*

Jean-Luc QUOY-BODIN *Un amour de Descartes*

Thomas A. RAVIER *L'œil du prince – Éloge du matricide (Essai sur Proust) – Le scandale McEnroe – Les aubes sont navrantes*

Valentin RETZ *Noir parfait – Double – Grand Art*

Alina REYES *Quand tu aimes, il faut partir – Au corset qui tue*

Jacqueline RISSET *Les instants les éclairs – Petits éléments de physique amoureuse*

Alain ROGER *Proust, les plaisirs et les noms*

Dominique ROLIN *Plaisirs* suivi de *Messages secrets (Entretiens avec Patricia Boyer de Latour) – Plaisirs (Entretiens avec Patricia Boyer de Latour) – Train de rêves – L'enfant-roi*

André ROLLIN *Quelle soirée*

Clément ROSSET *Route de nuit (Épisodes cliniques)*

Jean-Philippe ROSSIGNOL *Vie électrique*

Wanda de SACHER-MASOCH *Confession de ma vie*

Guillaume de SARDES *L'Éden la nuit*

Jean-Jacques SCHUHL *Obsessions – Entrée des fantômes – Ingrid Caven*

Bernard SICHÈRE *L'Être et le Divin – Pour Bataille (Être, chance, souveraineté) – Le Dieu des écrivains – Le Nom de Shakespeare – La gloire du traître*

Philippe SOLLERS *Poker (Entretiens avec la revue* Ligne de risque*) – Le rire de Rome (Entretiens avec Frans De Haes)*

Leo STEINBERG *La sexualité du Christ dans l'art de la Renaissance et son refoulement moderne*

Mathieu TERENCE *De l'avantage d'être en vie*

Bernard TEYSSÈDRE *Le roman de l'Origine* (Nouvelle édition revue et augmentée)

Olivier-Pierre THÉBAULT *La musique plus intense (Le Temps dans les* Illuminations *de Rimbaud)*

François THIERRY *La vie-bonsaï*

Chantal THOMAS *Casanova (Un voyage libertin)*

Guy TOURNAYE *Radiation – Le Décodeur*

Jeanne TRUONG *La nuit promenée*

Jörg von UTHMANN *Le diable est-il allemand ?*

R. C. VAUDEY *Manifeste sensualiste*

Philippe VILAIN *L'été à Dresde – Le renoncement – La dernière année – L'étreinte*

Arnaud Viviant *Le Génie du communisme*

Patrick Wald Lasowski *Dictionnaire libertin (La langue du plaisir au siècle des Lumières) – Le grand dérèglement*

Bernard Wallet *Paysage avec palmiers*

Stéphane Zagdanski *Miroir amer – Les intérêts du temps – Le sexe de Proust – Céline seul*

Composition : PCA/CMB
Achevé d'imprimer
par CPI Firmin-Didot
à Mesnil-sur-l'Estrée, en mai 2021
Dépôt légal : mai 2021
Numéro d'imprimeur : 164055

ISBN : 978-2-07-294418-5/Imprimé en France

393920